ハヤカワ文庫 JA

〈JA1366〉

放課後地球防衛軍 2

ゴースト・コンタクト

笹本祐一

JN191010

早川書房

8326

本文デザイン：世古口敦志（coil）
本文イラスト：白井鋭利

目　次

三日島《みかじま》悠美《ゆみ》

マリア・ベアーテ・鈴木《すずき》

梅田《うめだ》杏《あん》（顧問）

Character

放課後地球防衛軍

岩江高校天文部

清《し》水《みず》雅《まさ》樹《き》　　桐《き》生《りゅう》祥《しょう》兵《へい》

地球防衛軍とは、地球を外宇宙からの不法侵入者から守るための全世界規模の秘密組織、星岸警備隊の通称である。

現代文明をはるかに超える科学技術、知識、能力をもつ宇宙人に対し、人類は地球と種の安全を確保するために外禁体制、全地球規模の鎖国政策を決定した。

しかし、広大な宇宙にあふれる多種多様な宇宙人は、その技術力と能力でさまざまな手段を使って地球に侵入しようとする。

地球各地に配備された星岸警備隊の任務は最前線で宇宙人の地球侵入を阻止し、またある時は宇宙難民を保護し、またある時は悪の宇宙人から地球を守ることにある。その仕事内容から、隊員たちは自らを地球防衛軍と呼んだ。

かつて漁業基地として栄え、今は通う鉄路も廃止された太平洋沿いの田舎町、岩江市にも、地球防衛軍は存在する。

県立高校の弱小天文部の部員たちも、今は地球防衛軍の一員となった。今回、彼らの前に現れるのは……？

放課後地球防衛軍2

ゴースト・コンタクト

第一日

　岩見大学、間瀬《ませ》研究室の一画を占める黒板のようなサイズの巨大な高精細ディスプレイに、いくつもの画面が開かれていた。

　黒いガラスのプレートの上に置かれた虹彩と瞳孔があるコンタクトレンズのアップ写真を拡大して、研究室の主人《あるじ》である間瀬は説明を開始した。

「これが、三日島《みかじま》悠美《ゆみ》さんから提供されたコンタクトレンズの正面アップだ。眼のデザインは、正直なところ、街中で売ってるカラーコンタクト程度の出来でしかない」

　白衣をだらしなく着崩している間瀬の操作で、コンタクトレンズの正面画像が急速に拡大された。

「だから、このコンタクトレンズの真価は、その構造にある。大きさも重さも通常のソフトコンタクトレンズとさほど変わりないこれは、実は数百層にも渡る分子集積回路の集合体で、これひとつだけでカメラ、センサー、通信、ディスプレイ、パワーサプライ、インターフェイスをすべて備えている。光センサーとしては可視光のみならず紫外線から赤外線、周波数は限定されるが電波を捕捉して見ることも出来る。もちろん、光を含む電磁波を通信波として使うことも出来る。この大きさにしちゃ受信側の感度は驚くべきものだ。送信出力は限られるが、それは人体の中でもとくにデリケートな眼球の至近で使っても支障が出ないように、だろう」

「パワーサプライは？」

一気に説明した間瀬に、仏頂面の梅田杏《あん》が質問した。

「これだけのもの、いったいなにで動かしてるの？」

「光熱電池《ひかりねつでんち》だ。外部から入射する光と装着者の体温をエネルギーとして使う。コンタクトレンズの表側に光変換層、眼球に当たる内側に熱変換層があって、数十層の構造のうち数層分がバッテリーだと推測される。あと、承知してるとは思うが可動部分はない」

「わかってるわよそんなこと」

杏は、見学のために連れてきた天文部員四人にちらっと目を走らせた。

「動くところがなければ故障する確率も減るんでしょ？」

「そうだ」

間瀬は頷いた。説明が続く。

「通常時は、これは単なる茶色のカラーコンタクトレンズだ。装着していても、見るための光情報はそのまま素通しで眼球内に透過する。ただし、装着者の眼を灼くような閃光、強すぎる光、太陽の直射などを見ようとすれば、自動的にシェードがかかり、透過する光量が低下する」

生徒たちの理解を助けるために、杏は質問を投げてみた。

「自動で反応するサングラスみたいなもの？」

「そうだ。サングラスだけじゃなくて、光量が低下すればそれを補う機能も付いている。スターライトとか暗視スコープとかそういう機能だ。これだけの機能を、コンタクトレンズ表面からの光入射を電気変換するだけで動かしているものと推測される」

「……電池は、どれくらい保《も》つの？」

「不明だ。12時間ほどまったく光の射さない闇の環境においてみたが、作動に問題は出なかった。つまり、通常の使用では支障はないものと推測出来る」

「あっそ」

杏は溜息を吐いた。

「得られたデータはすべて転送されるの？」

「軌道上の司令衛星が可視にあって通信可能な状態なら、記録されたデータが高圧縮されて飛ばされるんだろう。通信記録からダミーのコマンド作って記録転送コマンドを弾いてみたら、微弱だがおっそろしく高密度のデータが受信された」

「記録内容は？」

「そっちはまだ解析中だが、コンタクトレンズが見た全ての画像データと位置データ、環境データとともに転送されてると推測されてる。通信時間は短いくせにおっそろしく詰めたデータで、うちのコンピューターじゃ解凍に時間がかかってしょうがない」

「画像記録」

杏はディスプレイ上のコンタクトレンズの画像をしげしげと見つめた。

「転送して、新しい記録を撮ってるのね」

「いや、画像記録は本体にバックアップされてる」

「ふうん」

杏は気のない返事をした。

「画像は何分くらい記録されてるの？」

「すべてだ」

「すべて？」

「フォーマットだのなんだのがよくわかってないからまだ引っ張り出しての再生なんか出来てないが、このコンタクトレンズは起動している間に映った全てのものを動画記録していると思われる。それも一日や二日じゃない、一年や二年って単位でだ。その記憶容量に関しては、限界がまだ見えていない。ペタとかエクサとか、人類が使ってる程度の単位で計れる記憶容量ならいいんだが」

「コンタクトレンズの大きさで、作動時間不明、記録時間はほぼ実質無制限のカメラで通信機でセンサーなのね」

杏は、見学の天文部一同に向き直った。

「こういう機材を投入してくるのが、つまりこの辺りに迷い込んでくる宇宙人というわけだ。ちなみに、この程度のガジェットはこの仕事をしているとそれほど珍しいもんじゃない」

杏は、桐生祥兵《きりゆうしょうへい》、マリア・ベアーテ・鈴木、清水雅樹《まさき》、三日島悠美の顔を見渡した。

「ここまでで、なにか質問は？」

誰からともなく顔を見合わせてから、四人のうち祥兵だけがおずおずと手を挙げた。

「この研究室は、ほんとはなにを専門にしてるんですか？」

「電子工学と情報処理だ」

間瀬は黒板サイズの大型ディスプレイに拡げた画像を次々に落としながら答えた。

「海のものとも山のものとも付かない理論を商売のネタにするように手伝うとか、ちょっとしたアイディアを提案するのが本来の仕事だ」

間瀬は杏に目線を向けた。

「こういう謎なガジェットの分析や評価は、まあ、アルバイトってところか」

次に遠慮がちに手を挙げたのはマリアだった。杏が訊く。

「なんだ？」

「あの」

マリアは間瀬に質問した。

「杏先生とは、どういう関係ですか？」

間瀬は、杏を見た。

「説明してないの？」

「学校の先輩だ」

杏はぶっきらぼうに答えた。

「ついでに、おまえたちの先輩でもある。ウィザード蘭丸《らんまる》ってったら、岩高のコンピューター研だけじゃなくてネット業界でも有名人だったんだぞ」

「蘭丸！」

祥兵が声を上げた。

「何代かまえにうちの高校にいたって廃人ゲーマーの蘭丸って、あれ本名だったんですか⁉ てか実在したんですか⁉」

「杏てめー自分とこの生徒になんて教育してやがる」

大画面ディスプレイを切った間瀬が、ぎろりと杏を睨み付けた。

「ついこのあいだ気付いたばっかりの寝起きなんだ、こいつらは」

杏は間瀬にめんどくさそうに手を振った。

「見習い、ってえか研修中の身分でな、まだ教育途中なんだ」

「なるほど」

間瀬は、興味深げに四人の天文部員たちの顔を見廻して、視線を杏に戻した。

「そりゃあ、責任重大だ」

消えた大画面ディスプレイから間瀬を見て、祥兵はもう一度手を挙げた。

「コンタクトレンズの中にカメラと無線が入ってて、専用のバッテリーも組み込まれてて、メモリーの大きさもわからず、半日くらいじゃ電池が切れない、ってことは、電池の容量もやっぱり大きいってことですか？」

「いや、電池そのものの出力はそれほど大きくない。それよりも、センサーや無線側の省電力化が効いてる。電池だってもちろん化学電池じゃなくて直接電子を溜め込む物理電池だから今我々が使ってるようなそこらへんの電池よりよっぽど高性能なのは確かだが」

ちらりと杏先生を見て、祥兵はもう一度質問した。

「杏先生の軽自動車のバッテリーも、普通の化学電池じゃないんですか？」

間瀬は、楽しそうな笑顔を杏に向けた。

「寝起きにしちゃあ頭の回転がいいじゃないか」

間瀬は、祥兵に目を戻した。

「いい質問だ。なぜそう思った？」

「杏先生の車のバッテリーは、エンジンかけずに一晩中電気点けておいても上がらないんです。考えられる理由は二つ。こっちが気付かないうちにどっかにコード繋いでるのか、でなければ、普通の大きさのバッテリーの容量が普通よりよっぽど大きいのか。杏先生の車のバッテリーって、宇宙人のバッテリーなんですか？」

「僕が答えていいのかい？」

祥兵を見返したまま、間瀬は杏に訊いた。杏は頷いた。

「どうぞ」

「そうだ。杏の車のバッテリーは、その辺りで売ってる地球製のものじゃない。質問に対する答えはこれでいいかい？」

「……地球の自動車に積めるような12ボルトのバッテリーなんか、どっから持って来たんです？」

「どこから、か」

間瀬はわざとらしく考え込んだ。

「そりゃあ難しい質問だな。ありゃあうちの倉庫に昔っからあったものを適当に引っ張り出して使えるようにいろいろ細工しただけで、どこから来たかはよく知らない。あれが入ってた木箱には墨で大正十二年って書いてあったが」

「たったったっ大正十二年⁉」

雅樹がすっとんきょうな声を上げた。間瀬は頷いた。

「どうやら昭和になってから使えるようにいろいろ細工したあとはあったが、まともに安定して電気を取り出せるようになったのは戦後になってからの話らしい。しばらくは電代節約のためにこの校舎の電線に繋がれてたが、最近になって電力も弱くなってきた。だがまあ、車で使うくらいなら問題ないだろうってことで杏の車に搭載した。もしなんかあったとしても、屋内に置いておくよりは外にあったほうが被害を最小に出来るからな」

「どんな原理なんです⁉　充電とかしてないんですか？」

「夏と冬で電圧が微妙に違うんで、光や熱を電荷に換えて溜め込む光熱電池だろうと推測されてる。詳しい原理に関しては、宇宙人に訊いてくれ」

間瀬はにやりと笑った。

「長年やってればこっちの理論もいろいろ発展するから、分子回路レベルの量子トラップで電子そのものを溜め込んでるんだろうってところまでは見当が付いた。だが、原理がわかったところで分解しての複製やましてや量産なんか出来ない。だから、元は恒星間宇宙船のバッテリーなのかもしれないが、今の地球じゃいつか電気が切れるまで魔法の電池として使うくらいしかない、ってことだ」

「恒星間宇宙船ですとお!?」

「雅樹うるさい」

「つまり、我々が相手にしているのは、そんな魔法みたいな電池を好きなように使える連中だってことだ」

杏は生徒たちの顔を見廻した。

「他に何か、今のうちに訊いておきたいことはないか？」

もう一度顔を見合わせてから、祥兵は手を挙げた。

「もしよければ、その、うちの倉庫ってやつ、見学出来ませんか？」


岩見大学は、岩江市郊外に広大なキャンパスを持つ公立大学である。近隣に蓑山天文台があり、目の前に太平洋が拡がっているという環境を利して天文学、地学、海洋科学方面に力を入れている。かつては旧帝国大学と並ぶステータスがあったらしいが、現在ではその威光はキャンパスの所々にある古い妙に凝ったところのある研究棟の建築様式に残るだけである。

間瀬は、助手席に杏を、折り畳み式のベンチシートが左右に装備された後部に天文部員四人を乗せ、軍用塗装のままのオープントップのごつい四輪駆動車で構内の裏山道を登っていった。

　山道の周りはろくに手入れもされていない原生林、車幅ぎりぎりの舗装もされていない、ときどきは車体に引っ掛かるほど草や枝が伸びている昼なお暗い山道を、屋根もないオープントップの四駆は結構なペースで飛ばしていく。

「うちの大学の保護林だ。猪や熊くらいは普通にいるから、もちろん無断立入りは禁止されている」

　説明しながら、間瀬はハンドルを切った。一見して道には見えない雑草だらけの脇道に入って、鬱蒼とした原生林に分け入っていく。

　獣道を走るというよりは掻き分けて、間瀬は四駆を停めた。目の前に、忘れ去られたような黒く錆付いた高い金網のゲートがあり、念入りに巻き付けられた鎖が巨大な南京錠で固定されている。

　ドアを開けて運転席から降りた間瀬は、白衣のポケットから鍵束を取り出して南京錠を開けた。厳重に巻き付けられた太い鎖を門柱から抜き始める。

「車、動かす？」

　助手席の杏が声をかけた。

「頼む」

　鎖を抜き終えた間瀬は、力任せに金網のゲートを開いた。伸びるだけ伸びた雑草を薙いで、四駆が通り抜けられるだけ開く。

助手席から運転席に移った杏が、ギアを入れて四駆をゆっくりスタートさせた。金網を通り抜けて、もう一度停車する。

金網貼りのゲートを戻した間瀬が、鎖で門柱を巻いて戻ってきた。

「うっかり表に出せないものばっかりだからな、そう簡単には入れない場所に保管してあるんだ」

助手席に戻った杏に代わって運転席に着いた間瀬は、再び四駆を走り出させた。曲がりなりにも轍が見えていた山道と違って、こちらの道はほとんど草に覆われて見分けるのも難しい。走行ペースも歩くくらいに遅くなる。

「こんな山奥に置いて、不便じゃないんですか？」

後席から祥兵が聞いた。ハンドルを切りながら、間瀬は答えた。

「旧軍の弾薬庫だった場所だ。ここなら、正体もわかってない宇宙人の機械がもし大爆発したとしても、その被害を最小限に押さえられる」

マリアは眉をひそめた。

「爆発したこと、あるんですか？」

「公式な記録に残っている限りでは、ない」

回りくどい言い方で、間瀬は答えた。

「だが、もっと厄介なことになったらしい場所ならある」

「えー？」

四駆の目の前に、二つ目の金網が現われた。間瀬は運転席から降り、杏が助手席から運転席に移る。

前のゲートと同様に南京錠を開けて巻かれた鎖を解いて、四駆は杏の運転でゲートを通過した。

「だから、このゲートも金網も忘れられたようなふりしながら隠しカメラやセンサーで二十四時間監視されてる。洒落じゃなく、危険なんだ」

間瀬が運転席に戻ってきた。

「厄介な事って、なんです？」

「この先に、立入り禁止区画がある」

ローギアでゆっくり四駆を走らせながら、間瀬は言った。

「なんせ昔のことだから詳しくは解らないんだが、どうやら謎の円盤のエンジンの作動実験をやろうとして失敗したらしい」

「なんですとおー!?」

「昔のことなんで詳しい記録も残ってないし、いろいろ新機軸の計測手段やら機械やら出来るたんびに測量、再調査が出てるが、いまだに何が起きたかわかってないらしい。まあ、理論もエネルギー源も解ってない超光速用みたいなエンジン、地上で無理矢理動かせば、時間や空間にいろいろ不具合が起きても無理はない、って気はするけど」

「時間や空間に不具合って、具体的に何がどうなってるんですか!?」

「それがわかれば、うちの大学も地球の物理学会も苦労しないだろうなあ」

間瀬は、車を止めた。白衣の左袖をめくり、くたびれたクロノグラフのストップウォッチをスタートさせる。

なにがあるのかと思って、後席の天文部員四人は辺りを見廻した。

マリアが見つけた。

「祠？」

四駆の右側に、小さな注連縄《しめなわ》で守られた祠が鬱蒼と茂る下草に埋もれながら建っていた。

「そうだ」

運転席の間瀬が、右側の参道も見えない小さな入母屋造りの祠にちらりと目を走らせた。

銅葺きの屋根はすっかり緑青に染まっている。

「由来、来歴その他いっさい不明。この辺りがおかしくなる前からあったのかそうでないのかもわかってない」

「なにやってるんです？」

後席から、祥兵が運転席を覗き込んだ。間瀬は腕時計から目を上げない。

「道が繋がるのを待ってる」

「……なんですと？」

「何がどうなってるのかはさっきから言ってるとおりいっさい不明だが、あの祠の前で一分二〇秒待たないと、この先に進めないんだ」

「進めない？」

祥兵は妙な顔をした。

「なんで？　無理矢理進んだらどうなるんです？」

「元に戻される。山の中で、道に迷わせるような妖怪がいるだろう。砂降らしとか野狐みたいな迷わし神と一緒で、これを無視して進むとさっき閉めてきた金網のところまで戻される」

「えええー？」

「おかげで不審者の不法侵入よけにはなってるんだが、時間と空間がおかしくなってる山の中を進まなきゃならないってのは、まあ、良い気分じゃないな」

腕時計から顔を上げて、間瀬は車の前後を見渡した。

「必ず超常現象が起きるってところは国内でも貴重なんだが、今のところ、何が起きてるかについて確実に地球人類の理解を超えているってその一点で、ほんとにやばいところは永久立入り禁止に指定されている。我々の知的レベルが上がるようなことでもあれば、ぐちゃぐちゃになった時間と空間を元に戻して立入り禁止が解かれるようなこともあるかもしれないが」

ストップウォッチを止めて、間瀬はニュートラルからギアを一速に入れた。ごついブロックタイヤで下草を踏んで、四駆がゆっくり動き出す。

ろくに車も通っていないような山道をしばらく進むと、三つ目の金網が出て来た。先ほどと同じように錆付いた鎖が南京錠で固定されている。

運転席から降りた間瀬は、鍵束で南京錠を開いて鎖を解いた。金網の内側にも、原生林が続いている。

獣道のような細い道を分け入っていくと、原生林の向こうに、赤茶けた煉瓦の壁が見えてきた。

「弾薬庫だったころは簡易舗装とはいえコンクリートの道もあったんだが、戦争が終わってから放りっぱなし。こういう厄介事の倉庫に使うって話が出て来て何年かぶりに開けてみたら砲弾だの爆弾だのがごっそり出て来て、自衛隊に引き取ってもらったそうだ」

丘の斜面をコの字に削って、古びた煉瓦の壁があった。奥に錆止めの赤色がすっかり白茶けた観音開きの鉄の大扉がある。

両側の煉瓦の壁には小さい窓もあるが、こちらも鉄の扉で閉じられている。円墳状の丘の一部を削ったような構造だが、周辺にも丘の上にもろくに手入れもされない原生林が鬱蒼と茂っていてどこまでがかつての弾薬庫でどこからが自然のままなのかわからない。

エンジンを止めて、間瀬は四駆から降り立った。白衣のポケットから取り出した鍵束で、鉄の扉の大きな鍵穴に棒鍵を突っ込んでがちゃがちゃしはじめる。

「とっとと降りてこい」

助手席から下草を踏みしめて降りた杏が、後席の天文部員に声をかけた。居心地悪そうに顔を見合わせてから、シートベルトもない向かい合わせのベンチシートから四人が立ち上がる。

錆付いた重々しい音を立てて、間瀬が弾薬庫の大扉を開いた。暗いかと思った中からは、光が洩れてきた。

「電気、通じてるんですか？」

祥兵が、右側だけ開いた大扉の隙間から中を覗き込む。

「放っておかれて、忘れられてるように見えるのはそうしてあるからだ」

鍵穴から棒鍵を抜いて、間瀬は大扉の内側に足を踏み入れた。奥にはもう一枚、分厚い鉄のベルトとリベットで補強された装甲板のような扉がある。

「セキュリティレベルはうちの大学の構内より高い。なにせ、正体不明の危険物しか保管されてないんだ」

装甲板の扉の真ん中には、巨大な丸いハンドルが取り付けられていた。

「なんか、凶々しいっすね」

覗き込んだ雅樹が正直な感想を言う。

「男子、手伝ってくれ」

ハンドルに手をかけた間瀬が言った。祥兵、雅樹がハンドルに取り付く。

「反時計回りだ。行くぞ！」

声を合わせて力を入れると、歯車が嚙み合う重々しい音が聞こえた。ハンドルを回す手に力を込めたまま、祥兵が訊いた。

「金庫室みたいに金属棒嚙み合わせる構造ですか」

「よく知ってるな。耐爆構造で、中でなんか爆発しても上に抜ける構造になってる。よし、もういいぞ」

ハンドルに手をかけて、間瀬は分厚い扉を開いた。ロックさえ外れれば、スプリングで支えられた扉の開閉にはそれほどの力はいらない。

内部は、トラス構造の高い天井まで何重もの大きな棚が壁沿いに積み重ねられた倉庫だった。中央部分は大きく開いており、木箱やケースやコンテナが積み重ねられた大棚も半分以上の空きがある。棚の横に、高いアルミの脚立が所在なげに佇んで人工的な光に照らし出されていた。

祥兵は、埃と土の匂いが入り交じった内部の空気を嗅ぎながら倉庫内を見廻した。

「……なにが仕舞ってあるんです？」

「大学創設以来の正体不明のがらくた、防衛軍関連で運び込まれる今の地球人類の知識じゃどうしようもない宇宙人関連と思われるオーパーツ、ないことにしておいた方が世の中平和になる魔法のアイテムとか使えば必ずろくでもないことになる呪われた不可能物体とかそういうもんだ」

「入っていいんですか？」

「どうぞ」

間瀬は招くように倉庫に手先を向けた。

「ただし、ここから先、安全の保障はない。英語で言う、オウン・リスクだ。中でなにかやるなら、何が起きようと最後まで責任を取るつもりでやってくれ」

ドアを開けたばかりの雅樹と、後ろに控えるマリア、悠美の顔を見てから、祥兵は自分から倉庫に足を踏み入れた。すっかりざらついた年代物のコンクリートの床に、ねじ釘や小石が転がっている。

入ってすぐ横の棚に、光を放つ板が立てかけてあった。祥兵は、何か見覚えがあるような気がしてそれを見た。

祥兵がその正体を思い出すのにちょっと時間がかかった。

「なんだかわかるか？」

あとから倉庫に入ってきた間瀬が訊いた。それは、細長い、薄い板のような形をした照明だった。片面の透明に見えるカバーを通じて、白い光が放射されているのがわかる。

「三日島の家にあった照明ですか？」

「正解だ。触ってみるがいい」

言われて、祥兵はおずおずと光を放つその表面に手を近付けた。叩くように指先だけ触れてみる。

「え……？」

今度は、指先を光る表面に当ててみる。祥兵は茫然と呟いた。

「熱くない……」

祥兵は、顔だけ向けて訊いた。

「ホタルみたいな、冷熱発光ですか？」

「いや違う」

間瀬は苦笑いして首を振った。

「地球上にもある、蓄光物質だ。ただし、効率がとんでもなく高い」

間瀬は、白い光を放つ板に目をやった。

「明るいうちに吸収した光を、12時間遅れくらいで再び放射する」

「スローガラス!?」

「若いのによく知ってるな」

間瀬が楽しそうに言った。雅樹、マリアが妙な顔をする。

「スローガラスってなに？」

「透過する光の速度を数億分の一とか、数兆分の一に減速するガラスです」

悠美が小さな声で答えた。マリアが首を傾げる。

「なにそれ？　なにに使うの？」

「窓ガラスにすると、数時間前とか、数年前の風景が見えます」

「へえ……」

「いや、そんな高価なものじゃない」

間瀬は手を振った。

「スローガラスなら吸収した光をほぼ１００パーセント放出するはずだが、これは昼間のうちに当たった光のまあだいたい一割くらいを放射するだけだ。だが、室内照明として使うならそれでも充分役に立つ」

「ほええ」

わけのわからない声を上げて、祥兵は立てかけられた光る板を見直した。その周りに首を巡らす。

「他のサンプルはないんですか？　悠美の家の建材、きれいさっぱり全部防衛軍が持ち去って分析中って聞きましたけど」

「一軒分の建材全部持って来たら、ここがあっというまに埋まっちまう」

間瀬は、小さめの体育館くらいはある倉庫内の空間に首を巡らせた。

「宇宙人がこの手のことに使う資材は、だいたい地球上の元素から合成した素材に木材や石材、コンクリみたいな表面だけのテクスチャーを貼り付けてそれっぽく見せてるだけの代用品だ。天然自然に存在しない組成でだいたい強くて軽くて化学変化も経年劣化もしないが、それだけでいちおう分析も出来るし理解出来ない素材ってわけでもないから、ここには置いてない」

祥兵は、興味深げな顔で倉庫内をあちこち見廻した。棚には大きいのから小さいの、新しいのから古いの、木箱、ダンボール箱、アルミケースや工具箱、弾薬箱、鞄やトランクケースなどありとあらゆる収納物が雑然と突っ込まれている。

樽や瓶、甕みたいなものが並べておいてある一画もあり、もとの模様もわからなくなった古びた風呂敷包みやカンバス地の布包みがまとめられている棚もある。いずれも判別しにくい文字が書き付けてあったりメモ書きらしいものが括り付けてあったり、最低限の管理は為されているらしい。

「どうだい?」

間瀬は、祥兵に声をかけた。

「何か、開けて中を見てみたいものでもあるかい？」

「いやあ」

祥兵は照れたような笑いを浮かべて間瀬に向いた。

「杏先生の車のバッテリーに宇宙人の魔法のアイテム使えるなら、倉庫の中探せばもっといろいろ便利なものがあるんじゃないかと思ったんですが、まさか、こんなにいっぱいあるとは……」

咳払いをして、間瀬はもっともらしい顔をとりつくろった。

「防衛軍もうちの研究室も、常に人材を求めている。さっきも言ったとおり、ここは入るだけでも何が起きるかわからない、誰も安全を保障出来ない場所で、なにをどうすればいいのか、そもそも何なのかわからないものばかり置いてある。君が、自分の命や身体の危険も顧みずその研究を行いたいというのであれば、僕は出来る範囲で協力しよう」

「はあ、そりゃああありがとうございます」

気のない返事をして、祥兵はもう一度倉庫の中を見廻した。

「使えるかどうか確認するだけでも命がけかあ。もっとわかりやすく整理されてるかと思ったのに、こんないっぱいあるとは……」

「ここにあるのは、当面置いておいてもそれほどの危険がないって判断されたものだけだが、それでも運び込まれたのはこの半世紀分以上、江戸時代やもっと昔のものだってあるし、製造年代だけなら炭素測定で数万年前なんて現生人類発祥以前の数字叩き出したのもあったっけ」

　間瀬は、後ろに続く天文部員たちを見やった。

「どうする？　君たちが調べたっていいんだよ。ああ、心配ない、なにかするつもりならビデオ廻しておいてあげるから、なんかやってる最中に爆発したり消えたりなんてことになっても最低限の記録は残る」

　間瀬はにやりと笑った。

「君たちの尊い犠牲は無駄にはしない」

「はあ」

　祥兵は、居心地悪そうな顔の同級生たちを見た。

「あの、参考までに、目録とかあれば見てみたいんですが」

「ないわけじゃないが」

　間瀬は申し訳なさそうに両手を挙げた。

「箱と記載されてる文字を写真で記録したノートくらいしかないんだ」

　間瀬は、入り口そばの棚に積んであるファイルとノートの山を指してみせた。

「出来れば年に一回くらい箱の中身を確かめて、経年による変化を記録しておきたいところなんだが、なにせものがものだ、びっくり箱みたいに開けただけでどうにかなっちまうものも混じってるかも知れない。なんで、よほどの物好きが腰据えて調査するなんて機会でもなければ、ここにあるものは特に異常が起きない限り放っておかれてる」

間瀬は天文部員たちの顔を見廻した。

「なあ、ものは相談だが、もしここにあるものを調べたいっていうなら、箱を開けて、中の写真を撮って、なにがあったか記録しておいてくれ。バイト料ははずむぜ」

「そりゃありがたい話ですが」

祥兵はもごもごと返事した。

「そのバイト代ってのは、下手すりゃどうにかしちゃう命と釣り合うだけ出るんでしょうか」

「もちろんだ。危険手当はでかいぞ。なあ杏」

「受取人はあなたたちじゃないでしょうけどね」

祥兵は、担任の女教師と大学の准教授の顔をしげしげと見廻した。

「んじゃ、少なくとも、今ここでいろいろ見てみるとしたら、それくらいは付き合ってもらえます？」

杏は、意外そうに間瀬と顔を見合わせた。間瀬は安請け合いした。

「かまわんよ。当てでもあるのか？」

「ええ、まあ、当てになるかどうかわかりませんが、試してみてもいいかなってことがひとつ」

　祥兵は、悠美に手を挙げてちょいちょいと手招きした。

「わたしですか？」

「そ。この中、ひととおり見て回って、なんでもいい、見覚えがあったり知ってるかもしれなかったりわかるかもしれなさそうな機械があったら、教えてくれない？」

　悠美は、困ったような顔で棚が並ぶ大きな倉庫を見廻した。

「でも、わたし……」

「君が、宇宙人からなにを教えられて、教えられてないのか、自分でもわからないのは知ってる」

　祥兵は訳知り顔で頷いた。

「ここから先は推測でしかないけど、宇宙人に送り込まれてくるエージェントにインストールされる知識ってのは、ある程度はパターン化されてるんじゃないかと思う。地球上がどういう状況なのかは宇宙人もある程度知っていて、どんな時にどんな知識や技術が必要になるかも予測出来るだろうから、それくらいは悠美ちゃんにも教えられてるんじゃないかと思うんだ」

　言われて、悠美は自分の両手を拡げてみた。手を開いたり閉じたりしてみる。

「そんな気、しないんですけど」

「そら、今はなんかしなきゃならない、教えられたことを思い出して実践しなきゃならないような切羽詰まった状況じゃないからねえ。でも、危機的状況にならなくても、道具や機械を見ればそれがどんなときに使うどんな道具なのか、わかるかもしれない」

祥兵は、間瀬に視線を移した。

「今までに、そんなことをしたことはありますか？」

間瀬は楽しそうな顔で首を振った。

「残念ながら、いままでに三日島悠美さんのような状況で我々に協力してくれた人はいない。興味深いアプローチだ。だが、ここにあるものは新しいものでも最近一世紀近くに渡るものであり、宇宙人にも技術革新があり、またこれらの異物を地球に持ち込んだ宇宙人も単一の種族ではなく多数だと推測される。彼女を送り込んだ宇宙人が、かつて別種の機材を地球に置いていった確率がどれほどあるか」

「今、これから目の前で確認出来ます」

棚を見廻す悠美の視線を追いかけながら、祥兵は言った。

「役に立たないなら役に立たないでいいんです。少なくとも、予備知識がまったくない僕たちが手当たり次第に棚の中のおもちゃ箱ひっくり返すよりはよっぽど期待出来る」

「期待しないで下さい」

小さな声で、悠美が抗議した。

「なにもわからないんじゃないかと思います」

「左側の奥の棚からはじめてくれ」

間瀬は先に立って歩き出した。

「最近の拾得物はその辺りに固まってる。この辺りにあるのは古い大物ばっかりだ。まだ若い君たちが見るなら、大昔のものじゃなくて今のもののほうがいいだろう」


「なんとかなると思う？」

杏が小声で間瀬に聞いた。

「三日島悠美に限らず、なにを知ってるのか確認する確実な方法はない」

間瀬は答えた。

「魔法じみた技術をいくらでも持ってる宇宙人ならともかく、彼女がなにを知っていてなにを知らないのか、今の地球人類じゃわからない。なにせ、人類そっくりの複製《クローン》をどうやって作っているのか、出来上った身体が空っぽなのかそれとも最初っからいろいろ入ってるのか、脳内の知識や神経をどうやって教育したり調整してるかどうかすら不明なんだ。そして、我々は本人が知ってるかどうかも解らない知識まで確認する方法は持っていない」

間瀬は、悠美から杏に視線を巡らせた。

「君の家でも、彼女の扱いにはいろいろ苦労してるんじゃないのか？」

「それが、そうでもないのよねえ」

杏は、悠美に目をやった。

「クローンとして作られて、見かけ通りの年齢《とし》じゃないっていう診断が正しいとすれば、日常生活の経験値がかなり足りないはずで、事実最初は寝間着の浴衣の着方ひとつ知らなかったんだけど」

「あの子に浴衣着せてるの？　パジャマじゃなくて？」

「うち、そういう古いものだけはいっぱいあるもの。それに、どうせ着方から教えなきゃならないのなら、浴衣でもパジャマでも一緒でしょ」

「そらそーだが、寝相によっちゃえらいことになってるんじゃないかと」

「なってるわよ。でも、着方も直し方もすぐに覚えたし、日常生活全般も教えれば教えただけすぐに覚えてその通りにする。あんな物覚えのいい生徒、はじめてだわ」

「そりゃまあ宇宙人がなにが起きるかわからない異星の地に任務与えて送り込んでくるんだから、脳にいろいろインストールするだけじゃなくて体力神経もできる限りはチューンするだろうし、実際に筋力神経も平均よりは発達してるって診断結果だったそうじゃないか」

「神経も筋肉も、使わなきゃあっという間に衰えるわよ」

杏は首を振った。

「それに、いくら神経と筋肉発達させたって、使い方知らなきゃ凡人と一緒だわ。健康診断だけじゃなくて運動能力のテストも受けてそりゃあ悪い結果じゃなかったけど、インターハイとかに出られるほどでもなかったわ」

「本人が手を抜いてたんじゃないの？」

「そこまで演技派なら、悠美も宇宙人もいろいろ苦労しないでしょうねえ」

「なんか、謎の秘密倉庫ってよりはやる気のない古道具屋って感じですな」

雅樹は、古い行李やら革装のトランク、すっかり黄色くなった新聞紙の包みなどが積んであるというよりは突っ込んである埃だらけの古いスチール棚の列をあちこち眺める。

「潰れた店ってえかアーケードのシャッターの中ってえか」

「無駄かもしれないけどいちおう聞いておこう」

携帯端末を取り出して動画撮影を開始した祥兵が、悠美に向いた。

「この状態で、なんかぴんと来るものはある？」

悠美は、困った顔で薄汚れたスチール棚に詰め込まれたバッグや紙袋、今にも切れそうな紐で括られたちょっと歪んだ不揃いなダンボール箱に視線を巡らせた。

「中身も見せないで何言ってるの」

　マリアが胡散臭そうに携帯端末片手の祥兵と悠美を見比べる。祥兵は、携帯のカメラを棚に向けた。

「いや、宇宙人のやることだからさ、ひょっとしたらそばに近付くだけでテレパシーかなんかで話しかけてくるような機械とかあるかもとか思って」

「本気で言ってるの？」

「プラモデルの箱に絵や字が書いてあったり、商品のパッケージの効能書きって同じようなもんだと思うんだけどなー」

「念のために言っておくが」

　少し離れたところから、こちらも資料として携帯端末で動画撮影中の間瀬が声をかけた。

「ここに置いてあるもので、常時なんかの電磁波や赤外線や音波など何かを発振してるものはないぞ」

「調べたんだ」

　祥兵は呟いた。

「あたりまえだ。どう見ても普通のランタンなのに、油も何もなしに発光し続けるとか、電池もなしに特定周波数のパルスを発し続けるなんかの部品とか、特定方向だけに放射線出し続ける半減期不明の未知の放射性元素とか、そういうものをいっさいのヒントなしに調査してみたいか？」

祥兵とマリアはげっそりした顔で、悠美と雅樹はよくわからないまま顔を見合わせた。

祥兵は大きく手を振った。

「滅相もない、とりあえず現状そんな危険物じゃないってわかってるものだけで充分です」

棚に携帯を向けて、祥兵は間瀬を見た。

「んじゃ、危険物はどこら辺に？」

「ここにはない」

間瀬は素っ気ない。

「こりゃやばい、ってものはうちみたいな大学じゃなくて、中央の研究所とか、自衛隊基地とか、米軍基地とか、極秘施設とか、そういうところに持ってかれてる。特別やばそうなものは半径数キロ吹っ飛んでも問題なさそうな外国の砂漠の中とか、絶海の孤島とか、そんなところで監視研究対象になってる。そういうのが興味あるのか？」

「使い減りしない骨董品のバッテリーと一緒に走ってたってだけでもけっこーどきどきもんだと思うんですが」

祥兵は、携帯のディスプレイにタッチした。

「よっしゃ、んじゃこの辺りからはじめてみようか」

手近で取りやすいところにあったという理由だけで、祥兵は間隔の広い棚の下段に納められていた桐箱に手をかけてみた。

「マリア、撮影頼む。雅樹、手伝え」

「あいよ」

撮影中の携帯端末をマリアに渡して、祥兵は雅樹と二人がかりで棚の下から古い桐箱を引っ張り出した。

「中に何がどうしてるかわからないから、ゆっくり、丁寧にな」

「わかってるって」

桐箱を通路中央に置いた祥兵は、箱の上面を検分した。ラベルも注意書きもなにもない。

「開けていいですか？」

間瀬に訊く。ちょっと離れた場所で、間瀬は頷いた。

「そう危険なものはないはずだが、慎重に頼む」

「んでは、失礼して、と」

祥兵は、桐箱の蓋に手をかけた。鍵もなにもない蓋は、すっと開いた。

中には、皺だらけの和紙がこんもりと詰まっていた。もう一度間瀬の顔を見てから、祥兵は和紙を除けはじめた。

「なんかノートが出てきました」

古びた大学ノートを撮影中のマリア経由で間瀬に渡し、さらに和紙を除ける。雅樹が声を上げた。

「うわあ日本人形が出てきた!?　なんすかこれ!?」

「えーちょいと待てよ」

間瀬は、人形を包んでいた和紙から出てきた古い大学ノートをぺらぺらとめくってみた。

「昔は歩き回ってしゃべってたらしい。名前は鞠子、宇宙人の憑り代だったんじゃないかってのが後の推測だな。宇宙人が去ってからはぴくりとも動かなくなり、それからはいくら調べても普通の市松人形なんだが、いつまた動き出すかもしれないってんで保存されたのが、えーとこの日付からするとかれこれ20年も前の話か」

隣のおおきなりんご用のダンボール箱からは、旧式なラジオが出てきた。

「これは、大昔の真空管ラジオ？　ですか？」

「見てくれはそうだが、中の回路が改造されてて地球の部品と宇宙人のオーパーツとの混《ハイ》成品《ブリッド》になってるそうだ」

青焼きコピーの回路図と金釘流のメモ書きを見比べながら、間瀬は言った。

「受信周波数帯が大きく広げられてるだけじゃなくて、送信もできるように改造されてるらしいが、中にどうやっても正体不明のブラックボックスがあって、後の調査技術の向上に期待するとよ」

「そんな無責任な」

「希望的観測込みで、超光速通信機の可能性があるそうだ。二重マイクロブラックホールのジャイロで空間構造をゆがめて物理法則をごまかすとかなんとか」

「そんな危険なものこんなところに置いといていいんですか!?」

「AC100ボルトの電源に繋がなければ作動しないいんで安全だそうだ」

「ブラックホールって家庭用のAC電源でなんとかなるようなものだったんですか!?」

「ブラックホールつーたらおおごとに聞こえるが、その実体はたぶん本体コンマグラム以下のマイクロブラックホールだろうからなあ。いろんなずるして固定さえできれば、なんとかなるんじゃないか？　知らないけど」

取り出しやすい箱や紙袋を引っ張り出して、家捜しのような調査が続く。

「なんか、さび付いた短刀にしか見えないものが出てきましたが」

「あー、洪積世の地質から出土したらしいぞ。まんまオーパーツだな」

「こっちのピストルは、どーみても旧日本軍の南部式拳銃にしか見えないんですが、本物ですか？」

「ほんもののぴすとる!?」

慣れない手つきでくしゃくしゃの油紙のなかから細身の自動拳銃を取り出した祥兵を見て、杏が声を上げた。

「ここに置いてあるってことは、触ったからってそう簡単に暴発したり爆発したりするもんじゃないから大丈夫だよ」

間瀬は、トリガーに指をかけずに自動拳銃を矯めつ眇めつしている祥兵とそれをまわりから覗き込んでいる生徒たちをおもしろそうに見ている。

「えー、旧軍の装備じゃなくて、宇宙人の置き土産ってえか残留物らしい。見た目は当時の拳銃に似せて作ってあるが、目撃者によると光線銃だったって話だ」

「こおせんじゅうですと⁉」

祥兵は危うく南部式自動拳銃を取り落としかけた。

「見た目ほど重くないからおもちゃかと思ったのに」

「ただし、目撃情報だけだ。こっちに回収されてからはなにをどうやっても分解できず、トリガーもなにも動かず、一部分削って成分分析しようにも削れず、正体不明のまんま調査終了だと」

「だって、グリップにねじみたいのがありますよ」

「形だけだよ。よく見りゃわかるが、金属の銃身も木製のグリップもそれを留めてるネジも、それらしく型どりしてあるだけで、本体はガキ向けのおもちゃみたいな一体成型だ」

「ほんとだ」

祥兵は、銃身の後ろにあるコッキングボルトを引っ張ろうとした。びくとも動かない。

「宇宙人のモデルガンか？」

興味深げに手を出してきた雅樹に、祥兵は自動拳銃を渡した。

「宇宙人ならわざわざほんものコピーしてモデルガンなんか作らないで、ほんもの持って行っちゃうんじゃないかなあ」

「ほんとだ」

拳銃を握った雅樹は、トリガーに指をかけてみたりした。

「念のためにいっておくが」

杏を後ろに置いて少し距離をとりながら、間瀬が声をかけた。

「持っているのがおもちゃだろうが本物だろうが、銃口はぜったいに人に向けるな。普段からそう心がけておかないと、プロの軍人でも事故は起こす」

「へい」

握ってみた自動拳銃をどこに向けようか考えて上に向けてから、雅樹は銃身を持ってグリップをマリアに向けた。

「持ってみる?」

「ん」

マリアは自動拳銃を握った。旧日本軍により日本人向けに作られたとはいえ、女の子の手には大きすぎる。

「ほんとだ、思ったより軽いわね」

「軽いって、なんでわかるの？」

「曾お祖父《ウルグロスファーター》ちゃんの」

言い掛けて、マリアは言い直した。

「曾お祖父ちゃんが使ってたのと重さまでいっしょ、ってモデルガンがうちにあったから」

「モデルガンねえ」

「はい」

マリアは、拳銃をくるりと回して悠美に向けた。

「持ってみる？」

「はい」

戸惑ったような顔と裏腹に、悠美は慣れた手つきで拳銃を受け取った。無造作に右手で握り、マガジンストッパーを操作してグリップの底から弾倉を引き抜く。

「え？」

間瀬が妙な声を上げた。本物なら弾丸が整然と並んでいる弾倉はただの箱になっていて、その表面が半分だけ青白い光を放った。

慣れた手つきで弾倉をグリップに戻した悠美は、コッキングボルトを引いて戻した。

「エネルギー、半分ていうところですね。たぶんこれ、射てると思います」

手の中の拳銃から顔を上げた悠美は、全員の視線が自分に集中しているのに気づいた。

「あの、なにか？」

「なにをどうやっても分解できない、って話でしたね？」

確認するように言った祥兵に、携帯片手のままの間瀬はうなずいた。

「どこもなにも動かなかったはずだ。祥兵くん、拳銃を持ってこっちに来てくれたまえ」

「へい」

悠美から拳銃を受け取った祥兵は、少し離れている間瀬と杏のところに拳銃を持ってきた。祥兵の手の中の拳銃をしげしげと眺めてから、間瀬は自分の手に拳銃を取った。

「そのまま撮っててくれ」

マリアに言って、悠美がやったようにマガジンストッパーを押して弾倉を抜こうとし、コッキングボルトを引こうとしてみる。びくともしない。

「ふんぬ！」

念のために今度は力いっぱいやってみるが、自動拳銃はあいかわらずびくともしない。

「どういうこと？」

間瀬は、興味深げに覗き込む杏に自動拳銃を見せた。

「個体認識システムって概念がある」

間瀬は、杏に拳銃を渡した。

「持ち主じゃないと銃器を使えないように、指紋登録とか網膜認証とか、声紋登録しておく方法だ。これだと、たとえば銃を敵に奪われても使われる心配がない」

「便利じゃない」

「そうでもない。敵じゃなくて、味方に銃を貸そうとしても使えなくなる。それに、認識システムのぶん複雑で重くなるし、故障したら使えないなんてことになったらいざ本番ってときに命に関わる」

「あら」

ひととおり動かそうとして、どうやっても動かないことを確認した杏はあらためて目の前に拳銃を持ってきて全体の姿を見た。

「まあ、あらかじめ味方全員の指紋や網膜を登録しておいて誰でも使えるようにするとか、味方には特定の周波数を出す無線でも渡しておいて敵味方識別システムみたいな使い方をするとかいろいろ方法はあるんだが、あんまり一般的な方法じゃない」

「この拳銃が、そういうシステム使ってるっていうこと?」

「銃の方が、使える相手かどうかを判断しているんだと思う」

「どうやって?」

「さあ?」

間瀬は首を振った。

「指紋に特有のパターンがあるのかもしれない。クローンとオリジナルの指紋照合はしたの？」

「こっちの指紋や掌紋のデータはもちろんあるけど、オリジナルの方なんかあるのかしら？」

「同じじゃなくてもいい。宇宙人、およびそのエージェントには特有の指紋パターンがあって、グリップがそれを読みとって作動を解除するとか、あるいは人類の医学じゃまだ明確じゃない何らかの生体反応を読みとるとか、そういうことをしているのかもしれない」

「この拳銃が？」

杏はしげしげと手の中の自動拳銃を見つめた。

「そんな高等なことしてるの？」

「相手はコンタクトレンズの中にカメラと通信機その他いろいろ仕込めるような技術文明だよ。地球がまだ石器時代だったころ、人類が電気なんて概念すら思い付いてないころから電子技術を発達させてる連中だ。ビスひとつ分のスペースがあれば、こっちが思い付くたいていのことは実装出来ると思って間違いない」

「今の技術で検査したら、なんか出てくるかしら？」

「そらなんらかの結果は出るだろうが、手間かけたほどの成果が上がるかどうか。なんせここにあるのは調査の順番待ちの列から外れたがらくたばっかりで、その列だってながいぜえ」

話し込んでいる教師と准教授を横目で見ながら、祥兵はあらためて悠美に訊いた。

「射てるの？」

あらためて訊かれて、悠美は自信なさげにうなずいた。

「たぶん……わたし、なんでそんなことわかるんでしょう」

「宇宙人が、いざってときのためにインストールした知識の中にああいうのの扱いも入ってたんだと思う。射つと、どうなるの？」

「大きい音がして、光線が出ます」

「ふうん」

うなずいて、祥兵は間瀬と杏に声をかけた。

「それ、射てるそうです。試し射ち、してみませんか？」

「試し射ち？」

間瀬は、携帯を杏の手の拳銃に向け、祥兵に戻した。

「ちょっと待て、この中じゃまずい。そういうことは、外だ」

間瀬は入り口の方向を指した。

「車にちゃちなもんだが計測機器がある。データは採れる時に採る、設置を手伝ってくれ」

悠美は、おぼつかない手つきで握りしめた右手の黒鉄色の拳銃に左手を添えた。困ったような顔で後ろにいる祥兵を見る。

「上に向けて」

祥兵は、さっきも言った注意をもう一度繰り返した。

「どこにも当たらないように、そうだな、あの雲でも狙って射って」

わずかにうなずいて、悠美は細腕に構えた拳銃の銃口を青空にぽかりと浮いた積雲に向けて斜めに差し上げた。

「射ちます」

祥兵は、携帯片手に四輪駆動車のボンネットに乗せた薄型のコンピューターのディスプレイを覗き込んでいる間瀬を見た。間瀬は準備完了を示すように親指を挙げ、人差し指を振り下ろした。

「射って」

「目を閉じてください」

自分も目を閉じて、悠美は拳銃の引き金を引いた。高音の悲鳴のような大音響とともに、祥兵の視界が光で埋まった。

反射的に閉じた瞼を通してさえ、真夏の太陽が間近に出現したような大光量が感じられた。

「目がああ！」

「だ、大丈夫ですか？」

悠美の心配そうな声を聞いて、祥兵はゆっくり目を開いた。至近距離で大光量のフラッシュを浴びたように、現実世界が赤黒い影を帯びて見える。

「だいじょうぶ」

両目をぱちぱちさせながら、祥兵は辺りを見廻した。視界にゆっくりと正常な色彩が戻ってくる。

「データ、採れました？」

祥兵は、四駆のボンネットでコンピューターのキーボードを叩きながら携帯相手に話していた間瀬に声をかけた。

「採れた」

ディスプレイを覗き込んだ杏に携帯を渡し、間瀬はキーボードを早いタッチで叩いた。

「大学の方でも、光と音は観測できたそうだ。発光時間は0コンマ1秒、音はこっちの計測で140デシベル」

間瀬は、四駆から離れた倉庫の入り口近くで見学していたマリアと雅樹に顔を上げた。

「そっちは大丈夫そうだな。悠美さんと祥兵くんも、目をやられたりしていないか？」

「せっかく宇宙人のビーム兵器を目の前で見れるんだからこの目で見ようなんて考えてた

のは間違いでした」

　ふーっと息をついて、祥兵は首を振った。

「後ろで見ててこんな威力だなんて、なんなんです今のは？」

「音はすごいし発光量もかなりのものだが、どうやらエネルギーとしてはそれほどのものじゃない」

　間瀬は通話を終えた携帯のディスプレイを切り替えた。大学側から送られてきた暫定の観測データが映し出される。

「大学側でも光学観測と音量測定に成功したが、それだけだ。それが証拠に見てみろ」

　間瀬は、悠美が拳銃で射った空を見上げた。

「間違いなく上空の雲を貫いたはずだが、雲そのものには穴もあいてない」

「え？」

　あれだけの音と光だから、上空の雲は全部蒸発していてもおかしくないと思っていた祥兵も空を見上げた。

　上空には、射つ前とおなじ積雲がぽかりぽかりといくつか浮いている。

「あれ？」

「もしこれが光学兵器なら、発生させたエネルギーはすべて標的に叩き込まないと効率が悪い。我々がよく知ってるレーザー光線だって、大気中のスモークや水蒸気でもなければ見えないだろう」

「よっぽど強力なビームで、はみ出してくる光だけでも目が眩むとかそういうんじゃないんですか？」

「いや、それほど強力なものじゃない。測定結果が正しければ、放出されたエネルギーは見た目ほどは大きくないし収束されてもいない。たぶん、近距離で直撃したとしても痛くないんじゃないかな」

「えー」

「おそらく、目くらまし用の閃光弾とか、威圧用の音響弾とか、あるいは居場所を知らせる信号弾的な使い方をするもんじゃないのか」

「光線銃とかじゃないんですか？」

「端から見てどこからどうみても光線に見えるものが射てるんだ。立派な光線銃だよ。悠美さん、もう一度確認するが」

間瀬は質問の相手を、両手で拳銃を握ったまま提げている悠美に変えた。

「君の知る限り、その銃には発射するビームの威力を大きくしたり小さくしたりできるような調整機能はないんだね？」

悠美は、確認するように拳銃を持ち直してあちこち見てみた。

「たぶん、ないと思います」

「連射はできる?」

「はい」

悠美はうなずいた。

「引き金を引きっぱなしにすれば、そのあいだの時間だけ続けて発射することが出来ます」

言ってから、悠美は自信無さそうに付け加えた。

「出来る、はず、です」

「これは、なんのために使うか、君は知っているかい?」

間瀬の質問に、悠美は自信無さそうに頷いた。

「はい。引き金を引くと、まぶしい光線が出て、大きな音がします」

「他には?」

「それだけです」

悠美は言った。

「目が眩むくらい眩しいし、耳鳴りが残るくらい大きい音がしますけど、それだけです。どこか狙って射っても、破壊したりすることは出来ません」

「ふーむ」

間瀬は興味深げに腕を組んだ。

「威力なし、連射可能、となるとこれは幻惑用の光線銃か、あるいは信号銃だろうなあ」

「光線銃じゃないんですか」

祥兵はつまらなさそうに言った。間瀬は笑った。

「間違いなく立派な光線銃だよ。閃光弾も音響弾も、信号銃だって立派な武器だ。しかも、敵を傷つける心配がないのがいい」

「えーと……」

ちょっと考えて、祥兵は訊いた。

「宇宙人は、光学兵器ってえかいわゆる破壊ビームてのを実用化してるんですか?」

「おお、ビームだけじゃなくてその手のＳＦ兵器はたいがい実用化されてるぞ」

間瀬は大げさに両腕を拡げた。

「命中したものを加熱する光学兵器だけじゃなくて、爆発させる破壊ビーム、空中から地上に放射して浮び上がらせるトラクタービーム、蒸発させたかどっかに転送したように消しちゃう謎のビームまで、およそ君が今までにいろんなところで見たことがあるものはだいたい目撃記録や証言が揃ってるぞ」

「はあ」

「残念なことにそうした光学兵器の現物が回収されるケースは数少ないし、ましてこっちの手に入ったところで分解調査して何がどうなってるのか判明したケースもろくにないが、今回はとりあえずそうした証拠物件の正体がひとつ判明したということだ。協力に感謝する」

「へえ」

「悠美さん」

間瀬は再び質問をする。

「その信号光線銃だが、あと何回くらい発射出来る？」

「ちょっと待って下さい」

悠美は、グリップから弾倉を取りだしてその表面に触れた。再び半分くらいが発光する。

「今みたいな発射だと、あと三千発くらいは射てると思います」

「さんぜんぱつ！」

横で聞いていた雅樹が声を上げた。間瀬はさらに質問を重ねる。

「ビームを続けて照射するとしたら、何秒くらい続けられる？」

少し考えて、悠美は答えた。

「数分くらいは連続発射できます。エネルギーより先に、発振機構がオーバーヒートして安全装置が働いて射てなくなります」

「エネルギーがからになったら、どうすればいい？」

「エネルギーは、時間が経てばある程度は回復します」

悠美は自信なさげに答えた。

「もうだいぶ古くなってますから、フル充塡までには回復しませんけど、それでも1時間も待てば一発くらい、一週間待てば実用に支障がないくらいには回復するはずです」

「充電も必要なし、放っておけば元に戻るとは便利だな」

間瀬は、生徒たちを見た。

「まあ、宇宙人が使うガジェットにはそういう卑怯な設定のもんがぞろぞろあるわけだが」

「何がどういう原理でビーム射てたり音が出たりするの？」

祥兵に聞かれて、悠美は手の内の拳銃をしげしげと見直した。

「……わかりません。使い方はわかりますけど、整備や製造に関する知識は教えられていません」

「だ、そうです」

祥兵も、悠美の手の中の南部式自動拳銃を見た。

「これだけ古いものが放っておかれてるのにいままでも平気で動くってことは、たぶん整備不要《メンテナンス・フリー》で使い捨てってことなんじゃないかと思うんですが」

祥兵は、倉庫の入り口に目をやった。

「こんなものが他にもぞろぞろあるんですか？」

「数は多くない」

間瀬は難しい顔で答えた。

「というより、我々がその正体を特定しているものはそれほど多くない、というべきか」

間瀬は、悠美の手の中の自動拳銃を指した。

「それにしたって、今日、彼女に試射してもらうまでは、かつて宇宙人が使っていたが現在はどうやっても使えない謎のモデルガンだったわけだ。人類の方に個体認識させての安全装置なんて発想がない時代のものだから、他にもひょっとしたら彼女に触ってもらえば使えるようになるものがある、のかもしれない」


倉庫の中に戻って、調査を続ける。

天文部員たちが調査を許可された古道具屋の倉庫のような棚にあったものは、そのほとんどが古道具屋の不良在庫のようながらくただった。

頑丈な木箱の中にジンバル式の二軸で水平を保つように支えられた古い時計は昔の船で使われていたマリン・クロノメーター、位置測定に使われるほど精巧な時計だったらしいが、いっしょに置かれていたケースにあった旧式な双眼鏡、六分儀ともどもなんの説明文も注意書きもないのでそれ以上のことはわからない。

懐中時計、またタイプライターや手動の機械式計算機もあった。

茶色いガラスで作られた酒瓶そっくりの形はしていて中身は液体で満たされているのだが蓋もなにもなく開け方も使い方もわからない小瓶、真っ黒な水晶玉など、曰く因縁だけはありそうながらくたは調べれば調べるだけ出てくるが、自動拳銃のように悠美が一目見て使い方を理解するようなものはそれ以上発見されなかったのである。

それでも、棚二つ分ほど収蔵されている物品に新たな知見を加えることが出来たと、間瀬は喜んだ。そして、日暮れ前には倉庫を閉めたいと時計を見て、今日の作業の終了を宣言した。

「暗くなってからだとなんかあるんですか？」

ひととおり荒らした棚を元通りに見えるように片付けながら、祥兵は訊いた。

「例のおかしくなってる空間構造とかが、陽が出てるときと日が暮れてからだと通り抜け方が違ってくるとかあるんですか？」

「いや、昼か夜かよりも暦や月齢による影響の方が大きい」

記録ファイルに知見を書き付けながら、間瀬は答えた。

「だが、待ち時間が秒単位で増えたり減ったりする程度だ。それよりも、ここまで来る道が道とも言えないような状況だろう。あの山の中を、暗くなってからは走りたくないんでねえ」

なんとか、次に来る人に見せられる状況にまで片付けを終え、ファイルに人数を合わせた入出退記録を書き込み、元通りに厳重に鍵をかけ、倉庫を閉める。

夕暮れの山の中、行きと同じ佇まいの祠の前で反対向きに時間を待って、間瀬が運転する四駆は無事に研究棟まで戻ってきた。

「よおし、今日の仕事も無事済んだ」

四駆のエンジンを切って、間瀬は運転席から研究棟前の駐車スペースに降り立った。白衣のポケットから携帯端末を取り出してディスプレイをタップし、腕時計の現在時刻と見比べる。

「日付も時刻もずれてない。安心してくれ諸君、我々は戻るべき時間に戻って来れたぞ」

ベンチシートの天文部員たちは居心地悪げに顔を見合わせた。祥兵が一同を代表しておずおずと手を挙げる。

「ん？　なにか質問かね、祥兵くん？」

「時間だけじゃなくて日付まで確認したってことは、違う日付に帰って来ちゃうこともある、ってことですか？」

「幸運なことに、僕はそういう経験はしてない」

間瀬はもっともらしい顔で頷いた。

「だが、あそこに行って帰ってきたら、時間だけじゃなくて日付と年号も確認するように、って先任者からの申し送りでね」

「先任者って誰よ」

助手席から降り立った杏が胡散臭そうな顔で訊いた。

「知ってるだろ。抄佳楼《しょうかろう》のおトミさんだ」

「ああ、不老不死って噂の」

間瀬から目を逸らそうとして、杏は視界の片隅に違和感を覚えた。そこに有りうべからざるものがあったような気がして、さっきまで自分が座っていた四駆の助手席に目を落とす。

絹を裂くような甲高い悲鳴が駐車場を貫いた。

「な、なんだ!?」

間瀬は、携帯端末を取り落としかけて危うく受け止めた。

「誰だ今の？」

先に荷台の天文部員を見てから、間瀬は助手席の向こうに目をやった。

「杏おまえ、あんな可愛い声出せたの？」

「うるさい！　なによこれ!!」

間瀬は、杏が震える指で差す先を見た。

助手席のシートのすっかり日焼けしたビニールで覆われた座面に、紺の振り袖に切り下げ髪の日本人形が座っていた。

「誰のいたずらだ？」

間瀬は、後部座席の生徒たちを見廻した。きょとんとした顔で、全員が首を、あるいは手を振る。

「ほんとに？」

疑わしげな顔で生徒たちの顔を見てから、間瀬は助手席にちんまり座っている切り下げ髪の日本人形を見た。

「んじゃ、ついてきちまったか？」

「ついてきた⁉　人形が⁉」

「だから、ただの人形ならうちの倉庫に後生大事に仕舞い込んだりされてないって。言ったろ、あの人形はその昔は自分勝手に歩き回ったり喋ったりしてたって」

「これが？」

杏は、おそるおそる助手席の切り下げ髪の人形を覗き込んだ。ビスクドールの色白の顔に凝ったガラス細工の瞳がまっすぐ前を向いている。

「からくり人形とかじゃないのね？」

「そうだよ」

運転席側から身を乗り出した間瀬が、助手席に手を延ばす。

「人形は十九世紀の製造らしいが、えーと確か20年くらい前にレントゲン撮影までして内部構造を調査したが、地球外物質は検出されず、ブラックボックスどころかマイクロチップひとつも見つからなかった」

「うふぁあああ！」

杏が妙な声を上げるのも構わずに、間瀬は紺の振り袖の日本人形を無造作に助手席から抱き上げた。

「さ、触ったりして、大丈夫なの？」

「呪われたり感染したりとかそういう心配はない。まあ、今の地球上の人類の科学力で解ってないってだけの話だが」

白衣の腕に人形を横抱きにして、間瀬は歩き出した。

「なんでかついてきちまったんだろう。これからあそこに戻るのは厄介だから、今夜は鞠子さんはうちの研究室で預って明日にでも倉庫に戻しておく」

立ち止まった間瀬は、白衣に抱いた鞠子人形ごと振り向いた。

「それとも、お持ち帰りする？」

杏はぷるぷると力いっぱい首を振った。

杏のワンボックスと生徒のスーパーカブを見送って、間瀬は人形とともに研究室に戻った。

立ち上げっぱなしのコンピューターで不在中に入った連絡を確認、いくつか返信し、その中に事務方からの前回の出張費の精算の催促があったので仕方ないからもらうだけはもらっておいた領収書をカバンの中やジャケットの中から引っ張り出し、揃え、雑ながら総額の計算をはじめたところで、携帯端末が鳴った。

白衣のポケットから携帯を取り出した間瀬は、電話に出た。

「はい間瀬だ、どうした？」

『あの、念のために聞くんだけど』

電話の向こうの杏の声は、珍しく震えていた。

『人形、どうなった？』

「にんぎょ？」

間瀬は、ディスプレイが資料とメディアの山に埋もれているデスクの周りに頭を巡らせた。

「鞠子人形なら、明日にでも倉庫にお引き取り願う予定で、えーとたしか椅子に座らせて」

間瀬は実験卓の向こうのテーブルを見た。いない。

「じゃなくて、忘れないようにドアのところの冷蔵庫の上に」

椅子を廻して研究室のドアを見る。いない。

「えーと、間違いなくこの部屋までは持って帰ったはずだから、どっかに……」

そこまで言って、間瀬は気付いた。

「……ひょっとして、そっちにいるのか？」

『そうよ』

杏の声の音程はまだどこかおかしい。

『さっき、うちに着いた。生徒を降ろしたときは確かに誰もいなかったはずのリヤシートに、あの日本人形が座ってるの』

「あー……」

携帯片手のまま、間瀬は素早くキーボードを叩きはじめた。

「うろ覚えで申し訳ないが、鞠子人形は宇宙人が取り憑いたか、ときどきは喋ってたらしいが、記録にある限りは害を及ぼすもんじゃない。ときどき倉庫から出掛けて悪さするような人形なら、うちじゃなくてもっと他の厳重なところに保管されたり、最悪破壊されたりしてるはずだ」

『どうしろって言うのよ！』

「ああ、とりあえず網元屋敷までは交通事故も怪異もなしに無事辿り着けたんだろ」

悲鳴に近い杏の声に、間瀬はゆっくりのんびりと答えた。

「さっきも言ったとおり、鞠子人形は害悪を及ぼすもんじゃない。たぶん、気に入られた

「僕はなんどもあの倉庫に入ってるが、鞠子人形がついて出て来たことはない。杏だってあの倉庫に今回初めて入った訳じゃあるまい？」

『何年か前に入れてもらったことはある、けど』

「今そこにいるのは誰だ？　生徒はもう全員降ろしたのか？」

間瀬は、ディスプレイに杏たちの訪問予告を映し出した。生徒のひとりはバイクで、残り三人は杏のワンボックスで大学に来ている。

『マリアと祥兵はもう送ったから、今ここにいるのは、悠美だけ』

「あー、あの宇宙人の手先だった転校生の女の子だな。で、その子はどうしてる？」

『どうしてるって、今、後席で鞠子人形見て、あー何やってるの悠美！　触らないで!!』

「いやだから、触っても抱き上げても大したことにはならない、と思うよ」

間瀬は、接続されているネットワークになにか参考資料でもないか検索しながら言った。

「それに、相手はたぶん自分が望むところどこにでも行ける、鞠子人形だ。そのまま車に置いといても、目を離せばたぶん行きたいところに移動してるんじゃないかな？」

『どうやって!?』

「さあて、瞬間移動かそれとも自分の足ですたすた歩いてるのか、その辺りは未確認だ。

もし証拠写真でも確保できるようなら頑張ってみてくれ」

『どうやって⁉』

「ずっと見てる、のは大変だから、そばにカメラでも置いて長時間録画させておけば消える瞬間くらいは撮れるかもなあ。もっとも、鞠子はかなり賢い人形らしいから、撮られてるってわかってればじっとしてるかもなあ」

『あのねえ！』

叫びだしそうな杏に、間瀬はゆっくり落ち着いて説明した。

「いいか、鞠子人形はその気になれば好きなところに行ける。わざわざおまえたちについていった、ってことは、つまりおまえたちのどっちかが気に入ったってことだ。害悪を及ぼす存在じゃないから、その辺りは心配しなくていい。どうしても心配なら取りに行ってやってもいいが、たぶん、持って帰ったところでたぶんそいつまたそっちに帰るぞ」

『取り憑かれた、ってこと⁉』

「そうだ。よかったな、取り憑いたのがおまえたち地球防衛軍所属のメンバーで。これが一般人相手ならいろいろやらなくてもいい苦労するところだぜ」

第二日

翌朝、岩江高校、理科準備室。

「つまり、あの倉庫にいた鞠子って名前の日本人形が、杏先生に取り憑いたって、そういうことですか？」

アルコールランプで湧かすコーヒーポットをちらちら気にしながら、祥兵は今聞いたばかりの話を要約した。

「いや、取り憑いたかどうかはまだ未確認だ」

懐かしそうに理科準備室を見廻しながら、自分の居場所のようにデスクの旧式なコンピューターの前の事務椅子に腰を下ろした間瀬は白衣のポケットから携帯端末を取り出した。

「昨夜から今朝に至るまで、杏からその後の連絡はない。果たして取り憑かれて怪異現象に呑み込まれたまま電話もできなくなったのか、それとも鞠子さんがついていっただけでそれ以上なにごとも起きてないのかどうかはわからんが、少なくとも網元の家で非常事態発生なんて話はこっちに届いてないから、そう厄介なことにはなってないと思う」

「でも、そういうことならなんで直接杏先生の家に行かないんですか？」

マリアが質問した。

「問題が鞠子人形なら、わざわざ学校まで持ってこなくても杏先生の家に行った方が早いんじゃないんですか？」

「僕もそう思う」

間瀬は頷いた。

「だが、わざわざ今朝になって待合わせ場所を岩高に指定してこっちまで呼び出したってことは、たぶん、そういうことなんじゃないかなーと」

間瀬は楽しそうな顔で天文部員たちの顔を見廻した。祥兵は、マリアと顔を見合わせてから間瀬に訊いた。

「どういうことです？」

間瀬は両手を挙げた。

「たぶん、僕はそれを説明する役じゃない。もうとっくに杏が来てもいい時間なんだろ。天文部顧問にして情報部二課副課長に、直接お伺い立てた方が早い」

廊下の外から聞こえた足音に、雅樹が耳をそばだてた。

「噂をすれば、登場シーンかな」

「おはようございます」

「はいおはよ」

「今朝は遅かったわね」

梅田家預かりの身の上の悠美だが、望遥台ニュータウンの三日島邸から通っていた時と同じに登校は早かった。勝手な時間にワンボックスで自動車通勤している杏には同乗せず、市内から徒歩通学している。顔を上げたマリアは、部室のドアを横開きにあけた悠美を見て硬直した。

「ええ」

にっこり笑顔のまま、悠美は大事そうに鞠子人形を抱いて部室に入ってきた。

「朝起きたら、居間に置いておいたはずのこの子がいなくなってて、杏先生がびっくりして、探すのにちょっと時間がかかったんです」

悠美は事も無げに説明した。

「それはまた……」

それだけ答えて、祥兵は人形と悠美の横顔を見比べた。間瀬が回転椅子ごと悠美に向く。

「で、鞠子人形はどこから発見されたんだい？」

「うちのくるま」

人形を胸に抱いたまま間瀬に向いた悠美の後ろから、げっそり暗い声とともに杏が現われた。

「おはよう、遅れてごめんなさい」

「おはよ」

事務椅子の間瀬が片手を挙げた。

「しかし、杏の家なら網元とかいくらでもそういう事態に慣れてる人材がいるだろうに」

「ええ、おかげさまで」

足を引きずるように、杏は理科準備室に入ってきた。

「騒いだのはわたしだけ。家のどこ探しても見つからなくて、時間ないから車開けたらあたりまえみたいな顔して助手席に座ってて、心臓止まるかと思ったわよ」

「それで、学校まで連れて来た、と」

「しょうがないでしょ」

定位置のデスクの椅子が間瀬に占領されているので、杏は実験卓の丸椅子を引き寄せて腰を下ろした。

「鞠子人形は、たぶん、好きな時に好きなところに行ける。うちに戻したって、人形が望むなら車に戻ればそこにいるでしょうし、学校に行きたいなら連れていくしかないわ」

杏は、疲れた顔で人形を抱いたままの悠美に顔を上げた。

「ってのが、うちのじっちゃんと彼女の共通見解。それに、確かに置いたはずのところから消えたり置いてないはずのところに現われたりするけど、やるのはそれだけで悪意は感じないのよねえ、たしかに」

「それも、彼女の意見？」

間瀬が笑顔の悠美と杏を見比べた。杏は頷いた。

「宇宙人の倫理観や行動原理は我々地球人類の日常とは遠くかけ離れている。それは忘れてないな？」

杏はもう一度頷いた。

「印象論は確実じゃない。事実だけを認識して確認しろ。宇宙人の考えることは、我々の理解を超えている可能性を忘れるな」

「わかってるわよ」

杏は疲れた顔で悠美の腕の中の鞠子人形に目をやった。

「宇宙人なの、この人形？」

「鞠子人形は、１００パーセント地球上の物質、それも百年以上前の自然物で作られている。だから、人形そのものは宇宙人でもなんでもない」

間瀬も人形を見た。

「我々の先輩が、これを宇宙人あるいはその関連物件と判断したのは、その行動による。

そういう意味では、この人形も宇宙人なのかも、な」

「やめてよ」

「鞠子さんの行動が宇宙人の意志を反映してるなら、人形でもやってることは宇宙人と同じって言えるんじゃないか？」

はあー、と溜息を付いて、杏は悠美の腕の中の人形に目をやった。

「しばらくは鞠子人形のやりたいようにさせるしかない、それに付き合うしかない、ってこと？」

「出来れば鞠子さんの真意を探って、コミュニケーションしたいところだが、現状じゃそりゃ無理な話だからなあ」

間瀬は、理科準備室の天文部員たちを見廻した。

「なんか異常があったら、うちに連絡してくれ。出来るだけの対応はする」

「頼もしいわ。なにが出来るんだか」


「で、授業中どうすんの？」

雅樹が悠美の腕の中の鞠子人形を指した。

「連れてくの？」

「え？」

悠美は、許可を求めるように杏を見た。

「駄目……ですよねえ」

「当たり前でしょ。高校生がお人形教室に連れてって、授業時間中抱いてるつもり？」

「んじゃここに置いてくんですか？」

質問したのは祥兵だった。

「そのつもりだが、なにか問題があるか？」

「もし、そのお人形さんがなにか目的があってここまで来たなら、えーと、たぶん」

祥兵は、自分の言っていることを信じかねる口調で続けた。

「理科準備室でじっとしてない、んじゃないかと思うんですが」

眉根を寄せて、杏は悠美の腕の人形を見た。

「充分考えられる事態ね。でも、だからといって何か出来ることがある？」

杏は、間瀬に目を戻した。

「まさかセンパイがずっとここで人形を見守ってる？」

「そこまで暇じゃない」

間瀬は両手を挙げた。

「それに、ここで見張ってたって、ちょいと目を離した隙に鞠子さんが消えたら、どこに行ったかわからないのは同じだぜ？」

「どこに行くっていうのよ」

「さあ、それは鞠子さんに訊いてくれ。この学校の中なら、天文台、図書室、講堂の倉庫とか校長室とか、いったいどこを見たくてここまでついてきたんだか」

「んー……」

杏は難しい顔で考え込んだ。

「あらかじめ、日本人形がどこかに出現するかもしれないから驚かないようにって告知廻しとく？　——駄目よ、そんなことできるわけないじゃない」

「あのー」

悠美が、発言を求めるように手を挙げた。

「名札付けておいたらどうでしょう？」

「名札？」

杏は、悠美と彼女の腕の中の鞠子人形を見比べた。

「素直に付けられてくれるかしら？」

「気に入らなければ、安全ピンで縫いつけておいても置いてかれるんじゃないかと思います」

悠美は、抱いていた鞠子人形をくるりと返して実験卓の上に座らせた。

中に名前を書いた紙片を入れるプラスチック製の名札は、コンピューターが置いてある古いデスクの引き出しの中から簡単に発見された。

プリントアウトするよりもその場で書いた方が早い、とサインペンを取った悠美が、そのまま止まった。

「……なんて書きましょう？」

「天文部備品」

言った祥兵が、実験卓の鞠子人形を見た。

「だと、気に入られなさそうな気がする」

「天文部、鞠子でいいですか？」

悠美が杏を見た。杏は難しい顔で頷いた。

「いいんじゃないかしら。備品扱いされない方が、人形も嬉しいんじゃない？」

「じゃ、そうします」

コピー用紙の隅に〝天文部　鞠子〟と書き付けた悠美は、ハサミで切り取ってネームプレートの中に入れた。あり合わせの綴じ紐をネームプレートに結び、人形の首に架ける。

「簡単に落ちそうね」

首からネームプレートを提げた日本人形を見た杏が、正直な感想を述べた。

「次にここに来て、名札だけ残されてたら、鞠子さんが気に入らなかったってことだろう」

作業場になったコンピューターデスクを悠美に譲っていた間瀬が言った。

「それじゃ、ネームプレートごといなくなったら？」

「そんときゃ、おめでとう。天文部を、鞠子さんが気に入ったってことじゃないか？」

杏は、居心地の悪そうな顔で間瀬を睨み付けた。


一時間目の授業が終わると同時に消えていた悠美は、二時間目のチャイム寸前に教室に戻ってきた。なにか言いたそうにマリアの机に来る。

「どうしたの？」

次の授業の教科書とノートを机の上に揃えながら、マリアは訊いてみた。悠美は、言いにくそうに口を開いた。

「あの、いなくなっちゃいました」

「誰が？」

聞き返して、マリアはすぐに気付いた。

「鞠子人形が？」

悠美は頷いた。

「さっき、部室に戻ってみたんですけど、コンピューターが載ってるデスクの上にいたはずなのに、椅子の上にも、テーブルの上にも」

「勤勉な人形だこと」

マリアは溜息を吐いた。

「わかったわ、席に戻って」

「え、探さなくていいんですか？」

「探してもいいけど、たぶん、無駄だから」

マリアは、揃えた教科書とノートから立っている悠美に顔を上げた。

「だって、考えてごらんなさい。鞠子人形がこの学校の中にいるのかそれとも外まで出掛けて行ったのか知らないけど、なんとかして、見つけて、部室に戻したとしても、彼女はまた行きたいところに行くでしょ？」

「彼女って、鞠子人形ですか？」

少し考えて、悠美は頷いた。

「連れ戻しても、またいなくなると？」

「そういうこと。まだ名札付けてるならどっかから回収して、って来るかも知れないし、名札だけしか戻ってこないかもしれないし、放課後になったら部室に帰ってるかもしれないし、帰ってこないかもしれないけど」

「帰ってこなかったら、どうしましょう？」

「そしたら、杏先生がほっとするわ」

「あれ、天文部の人形？」

昼休みにつかつかと歩いてきた委員長に話しかけられて、祥兵は読みかけの本から顔を上げた。

三つ編みの位方昭子《いかたあきこ》、通称委員長が、眼鏡越しの冷ややかな視線で祥兵を射ている。

「にんぎょ？」

オウム返ししてから、祥兵はすぐ気付いた。

「日本人形？……どこに？」

「図書室」

司書兼任の委員長は、短く答えた。

「やっぱり天文部の人形なの、あれ？」

「いや、まあ、ほんとはうちのじゃないんだけど、今一時的に天文部預かりの身の上になってる、のかなあ」

溜息を吐いてから、祥兵は文庫本を閉じて机から立ち上がった。

「回収しに行きます」

「そうしてくれると助かるわ」

岩江高校の開架図書室は、その名もラウンドルームと呼ばれる円形二階建ての背の高い本棚に囲まれた吹き抜けのホールである。中央から放射状に読書卓が配置され、壁にはスライド式の梯子を装備した高い本棚が天井まで続いている。

「見付けたのに、触らなかったの？」

委員長について図書室に向かいながら、祥兵は訊いてみた。

「手が届かないところにいたの」

早足に先を歩く委員長は、振り向きもせずに答えた。

「天文部の名札付けた日本人形が、ラウンドルームの真ん中に下がってるシャンデリアの上に座ってたのよ」

「そりゃまた……」

祥兵は、なんと答えればいちばん角が立たないか考えながら相槌を打った。

「……よく気が付いたねえ」

「あんな雰囲気のある人形だもの、すぐ気付いたわ」

早足に歩きながら、委員長は続けた。

「何やってるのかと思ったけど、脚立でも持ってこないと届かないし、なのに、次の休み時間に見たらシャンデリアの上からはいなくなってたの」

「あれ？」

先の展開が読めないような気がして、祥兵は間の抜けた声を出した。

「どこに行ったの？」

「今度は本棚、それも二階の上」

ラウンドルームの本棚は、二階分の吹き抜けの天井までを占めている。ぐるりと張り巡らされたレールをスライドする梯子を持っていけば、天井近くの本棚でも手が届かないことはない。

「なら、手が届くんじゃない？」

「取ろうと思えばね。だけど、回収したあとの身元引受人が必要でしょ」

「へい、回収させて頂きます」

ふと、祥兵は首を傾げた。

「なんで、最初に見付けたときに天文部に連絡しなかったの？」

「悪戯なら、わざわざ名札提げないでしょ。よその部がやることには出来るだけ口出ししないことにしてるの」

「それじゃ、なんで昼休みの今になって？」

「放課後までには回収してもらわないと、やけに雰囲気のある日本人形だったから」

委員長は、薄く開いていた図書室の大扉に手をかけた。

「これ以上学園七不思議増やしてもらっても面倒だし」

図書室そのものは明治時代建設の岩江高校煉瓦校舎と同じくらい古いが、棚に並んでいる本は最近数十年のものである。開架式図書室なので、古くなったり稀覯本になったりしたものは奥の保管室に順次移されていく。

試験期間前は満杯になる読書卓も、昼休みの今は飲食禁止が徹底されている所為もあってろくに生徒がいない。

大扉を開けてラウンドルームに入った委員長は、時代物のシャンデリアじみた照明が提げられたセンタードームを中心に拡がる大図書室を見廻した。婉曲しながら続く背の高い本棚を見上げる。

「あら？」

自然科学を示す分類４４０番台、大扉を入って左側中ほどの天文宇宙の棚を見上げた委員長は、首を傾げた。

「あそこにいた、んだけど？」

委員長が指差す天井に近い本棚を、祥兵は見上げた。

岩江高校の蔵書は、前身となった軍学校時代からだから県立図書館に次ぐほど多い。しかし、ラウンドルームは常用される場所なので、開架の図書は順次入れ替えられ、本棚はぎっちり詰められてはいない。簡単に手が届かない上の棚、梯子をスライドさせないと届かないさらにその上などは区切られた棚が半分ほどしか埋まっていないところもある。

「あの、空いてるところ？」

「そう」

周りを見廻した祥兵は、レールでスライド出来るようになっている梯子をするするとスライドさせてきた。生徒の手で長年磨かれてきた金色の真鍮の梯子に手をかけてのぼりはじめる。

「ここの棚？」

「もうひとつ、上」

はしご段をもうひとつ上がって、祥兵は天井に近い棚を見廻した。二〇世紀後半の宇宙開発関連図書、それもコーヒーテーブルブックと呼ばれる大判の写真集が半分ほどを占める棚は、古い分厚い樫板を角に組み合わせた実用優先のブックエンドで支えられている。

「そこ」

委員長の声を聞いて、祥兵は大型本専用の本棚を覗き込んだ。うっすらと埃をかぶるブックエンドから左側の棚が、一部分だけ丸くはいたように拭われている。

「ここかな？」

人形が座っていたかもしれない跡だけで、その姿は見えない。祥兵は、梯子の上から振り返ってラウンドルームの本棚を見廻した。本棚にも、日本人形は見当たらない。

「帰ったのかな？」

呟いて、祥兵は梯子を下りた。

「ごめんなさいね、無駄足させて」

「いやあ、たぶん誰かが気付いて持って帰ったんだと思う」

祥兵は委員長に手を振った。

「またどっかに出歩いてるかもしれないけど、その時は教えて」

念のために理科準備室も覗いてみたが、鞠子人形はいなかった。人形が行きそうなところをどうやって推理すればいいのか首を捻りながら、祥兵は教室に戻った。


放課後。

「最初の報告が一階の図書室、午前中いっぱい図書室で過ごして、次が大階段、それから三階の時計台の下、最後に目撃されたのが屋上」

理科準備室で、祥兵はホワイトボードにあり合わせのメモ用紙を時系列順に貼り付けた。

「そして、鞠子人形は今この部室にはいない」

祥兵は、部員四人が揃っている天文部部室を見渡した。

「校舎を順に上に登ってるわね」

貼り付けられたメモを見たマリアが感想を述べた。

「だよねえ」

祥兵は頷いた。

「鞠子人形がなにを期待して学校に来たのかはまだわからないけど、一時間目終わりの休み時間にはもう部室から消えたのが確認されて、午前中はどうやら図書室にいたらしい」

「図書室のどこにいたのかわかる?」

「えーもちろん、委員長に聞いて確認してありますぜ」

祥兵は聞いた話の順番を頭の中で確認した。

「最初は真ん中のシャンデリアに腰掛けてて、そのあとは世界地理、最後は自然科学、それも天文の棚にいたって話だ」

「興味のあるところを見てる、って考えるべきかしら?」

マリアはちらりと悠美を見た。悠美は気付かない。

「そう考えて、あんまり矛盾はない」

祥兵は頷いた。

「倉庫の中に仕舞われてた人形が、しばらくぶりに外の人間に触られて、興味を持って出て来た。倉庫の外に興味を持って、いろいろと調べてる、って解釈していいんじゃないかと思う」

祥兵は、ホワイトボードのメモの左側に書き付けられていた三週間くらい前の覚え書きを消して新たにさらさらと書き付けた。

「倉庫から、大学の研究室、杏先生を気に入ったのかそれとも転校生なのかはわからないけど、そのあとは車に乗って網元屋敷。そのあと学校。まわりの世界に興味を持って調べてる、って考えれば、辻褄は合う」

自分の書いた文字とメモを見廻して、祥兵は水性ペンを置いた。

「ただまあ、かつて宇宙人に関係してたかも知れない人形が、そういうわかりやすい動機で行動してると思っていいのか、そういうわかりやすい判断しちゃっていいのか、わからないんだよなあ」

「いいんじゃないの？」

マリアは仕方なさそうに言った。

「もし鞠子人形がわたしたちには理解出来ないような基準で動いてたら、そしたらもうどうしようもないもの。安易でも簡単でも、わかりやすい方でなんとかなるならそれでいいんじゃない？」

「いいのかなあ、それで」

「なら簡単じゃん」

雅樹はＰＣデスクに向いて慎重に構えた。

「現状、天文部の名札付き人形の報告はなし、大階段にも屋上にも時計台にも人形は見当たらない。上に登ってるんだとすれば、人形がいるのは天文台ってことだろ」

斜め45度に手刀を振り下ろす。鍵付きの引き出しはいつものように開いた。

「どうする？　天文台開けるって、先生に言う？」

「言うだけ無駄なんじゃないかなあ」

祥兵は、鍵を探して引き出しを引っかき回しはじめた雅樹を見ている。

「ほら、杏先生、怪談とかオカルトとか苦手だから」

「宇宙人だって似たようなもんじゃないの？」

「宇宙人なら宇宙人だって説明が付くからいいんだって」

「じゃあ、宇宙人の怪談とかオカルトならどうするのかしら」

「さあ？　そもそも宇宙人の怪談って実在するのか、地球人が理解出来るのか」

祥兵とマリアは、どちらからともなく悠美を見た。ホワイトボードを見ていた悠美が、視線に気付いたようにこちらを向いてにっこり笑う。

「なにか？」

「ええと、鞠子人形、なにしてるんだと思う？」

「見て回ってるんだと思います」

悠美は、ホワイトボードに目を戻した。

「自分がどこにいるのか、確かめようと思って」

なにを言ってるんだという顔で、祥兵とマリアは顔を見合わせた。

前回来たときにはうっすらほこりが積もっていた時計塔の中は、石橋時計店店主による定期整備が入ったおかげですっかりきれいになっていた。白熱電球に照らし出された壁際の時計だけでなく、階上の天体望遠鏡を丸い可動床ごと支える古い動力部分も手が入ったらしく、機械油の匂いも新しくなっている。

「あらあー、きれいになって、まあ」

時計塔の機械室には、天井ちかくに小さな窓しかない。祥兵は、年代物の黒ずんだ木の床板を上履きのズック靴で軽く蹴飛ばした。前回のような足跡は残らない。見廻しても、日本人形の影も形もない。

「足跡くらい残ってるかと思ったんだが」

「鞠子人形が？」

マリアが祥兵を軽くにらんだ。

「あの人形が、歩いて動いてると思ってるの？」

「いやまーほんとにあの大きさでよちよち歩いてるとは思わないけどさ、追われてるって知ってれば足跡残すくらいの知恵はありそうな気がしない？」

マリアはすこし考え込んだ。

「それは、手がかり残すため？　それとも、追跡側を迷わせるため？」

「どっちでも、やりたい方だろうなあ」

他に何か手がかりでもないかと思って、祥兵は電球の人工的な光に照らし出されている機械室内を見廻した。

「好きなときに好きなところに行ける割に、わざわざ自動車の中狙って移動してるのは、長距離移動できないのかそれともこっちに興味があるのか」

「あんまり興味もたれてるような気はしないんだけど」

マリアは、天井の望遠鏡を支える回転床を見上げた。

「僕たちじゃないよ。たぶん興味持ってるとしたら杏先生に、だろうと思う」

「なんで？」

「さあ？」

マリアの視線を追いかけるように、祥兵も機械室の天井を見上げた。

「たぶん、いちばん反応が派手で、おもしろいから、とか」

「いちおう説得力はあるわね」

「となると、上かな？」

祥兵は、レンガ造りの壁に作りつけられた鉄の階段を見上げた。天井と同じ平面に取り付けられた天文台に上がるドアは、前に見た時と同じように閉じられている。

「どぞ」

雅樹から鍵束を渡された祥兵は、天文台に上がる扉を開ける棒鍵を探しながら壁に沿っているきつい階段を昇り始めた。天井と同じ水平面のドアの鍵穴に棒鍵を突っ込んで鍵を開ける。

「さあて、いらっしゃいますかー？」

祥兵は上開きの扉を開けた。

真っ暗なはずのドームの床に、光が一本の線を曳いていた。天体望遠鏡の対物レンズを向けるドームのスリットがわずかに開いているのに気付いて、祥兵は可動床にまっすぐに曳かれた光の線の先を追った。

天文ドームのスリットの透き間から射し込む放課後の傾いた太陽の光は、まだ壁に届いていない。太陽光の細い光が床に描き出す直線が断ち切られたその先に、壁にもたれかかるように日本人形が立っていた。

「どした？」

階下から雅樹につつかれて、祥兵は我に返った。

「いらっしゃった」

天井と同一面の扉が閉じてこないようにいっぱいに開いて、祥兵は仰角を構えた時代物の20センチ屈折天体望遠鏡が設置されている天文ドームの可動床に上がった。

明かりを点けようかと思って、まだ日が出ている今ならスリットを開いた方が早いと気付き、開放用のハンドルにおそるおそる手をかける。

石橋時計店の主人の定期整備のたまものか、前回来たときにはうっすら埃をかぶっていたはずのハンドルを握ってもほこりっぽい手触りはない。ロックを解除してクランクのハンドルを回しはじめると、かすかに開いていただけのドームのスリットがゆっくり開きはじめる。

全閉状態なら、ドームのスリットは太陽光も通さない。そうでなければ雨風が吹き込んでくるはずで、前に来た誰かがうっすら開けたまま帰ったとも思えない。

ハンドルを回しながら、祥兵は大きく開いていくスリットから射し込む外光に照らし出される日本人形に目をやった。

「ひょっとしたら、ここまで開けた？」

「なんだ？」

続いて上がってきた雅樹が聞いた。祥兵は首を振った。

「いや、なんでもない」

「おーいたいた」

雅樹は、すぐに壁際にもたれるように立っている鞠子人形に気付いた。

「なにしに来たんだろ？」

人形が、大きな天体望遠鏡の接眼レンズ側に立っているのに気付く。

「やっぱり、天体観測しに来たのかな？」

「んじゃ、見せてやれば納得するかな」

ドームのスリットを全開までスライドさせて、祥兵はハンドルから手を放した。雅樹に続いて上がってきたマリアが、眩しそうに射し込む日光に照らし出される白い望遠鏡と壁際の鞠子人形を見比べる。

「まだ昼間よ。太陽黒点でも見せるの？」

「今の時期なら、太陽の反対側にもう月が出てるはずだから、そっち向けてやれば」

可動床に続く急な階段を、悠美が上がってくる。祥兵は、入部したての悠美が天文ドームに来たときのことを思いだした。

「いや、星を見に来た、んじゃなくて、観測設備を見に来た？」

「なんですか？」

祥兵の視線に気付いた悠美が首を傾げた。

「いや、前に悠美ちゃんが天文ドーム見に来たい、って言ったときは、星が見たくて来たわけじゃないよね？」

少し考えて、悠美は頷いた。

「はい。この学校にある観測設備を確認しようと思って来た、と思います」

「鞠子人形も同じだとしたら？」

祥兵は人形に目を戻した。

「午前中のうちに図書室に行って、天文とか星の図鑑を見たなら、ここがどこなのか、ここから見える星の配置とかそれが宇宙の中のどの辺りになるのかなんて読んで知ってるんじゃないのかなあ」

「人形が？」

雅樹も鞠子人形を見た。

「本めくって中身読んだっての？」

「誰も人形が本をめくってるところは見てない。けど、移動してるところを誰も見てないのといっしょで、本を読んでないなんて誰にも断言出来ない。本をめくらなくても中身を読み取れるのかもしれないし、こっちが見てないところで本のページめくってるのかもしれないし」

「祥兵のいうとおりだとして」

マリアが疑い深げな目を祥兵に向ける。

「それじゃあ、なんで鞠子人形がここに来たがるの？　現在位置がわかったなら、わざわざ確認する必要ないいんじゃやない？」

「最新の天文年鑑見たって、データはちょいと前の観測データだぜ。最新の状況見たければ、自分で確認しないといけないと思ったのか、それとも、ここにどんな観測設備があるのか確認しに来たのか」

首をひねって、祥兵は続けた。

「でなければ、地球の天文学のレベルを確認したかったのかな？」

「どうすんだ？」

雅樹は天文ドームを見廻した。

「月、見るのか？」

祥兵は屈折式としては破格に大きな望遠鏡を見上げた。一年生、天文部に入部直後に一回だけ使い方を教わって土星の輪まで見たことがあるが、それきり望遠鏡を使っての天体観測は行っていない。

「相手が月なら導出するのもそう難しくもないだろ」

まず月の方向を確認して、望遠鏡を可動床ごと回転させて向きを合わせて、と手順を思い出しながら、祥兵は90度に折れ曲がった接眼レンズ側に置いてある小さな机を見た。先輩が作った天体望遠鏡運用の虎の巻をファイルにしたものがあるはずである。

「観るんですか？」

悠美がうれしそうに声を上げた。

観測ドームの中の望遠鏡で天体観測を行うためには、まずドームのスリットを開けて、次に望遠鏡の対物レンズを観測対象とする星に向けなければならない。大型の20センチ屈折望遠鏡を観測ドームごと回転させる可動床は、赤道儀と連動して観測目標を指向し続けることも出来るはずである。

「さあてと、動かし方なんてもうすっかり忘れてるからなあ」

祥兵は、連動する小さな椅子が取り付けられた望遠鏡の接眼レンズ側の観測ドームに作りつけられている古風な操作盤に近寄った。壁にもたれている鞠子人形をちらりと見てみるが、こちらを観るために首を巡らせたりはしていない。

「どうやるんだったっけ」

机の上の年代物のファイルを手にとって開く。うろ覚えの記憶と説明書の記述を合わせて操作方法を読み解く。

「まずは、望遠鏡を観測対象の方向に向ける、と」

天文台の設備が新品だった頃は、ドームも望遠鏡もスイッチひとつで望みの方向に向けられたはずである。長い年月の間にドイツ製のモーターは動かなくなり、面倒を見ている石橋時計店の主人は機械が専門で電気修理を先送りすると同時に回転機構を改造、人力でドームが動くようにした。

「雅樹」

祥兵は、雅樹を指招きしてドームの北側にある舵輪のような大きな丸ハンドルに寄っていった。

「まず、ドーム回そう」

「へいへい、力仕事は男がやんなきゃねえ」

男子生徒二人が一人で回すにはいささか大きな丸ハンドルに取り付いて、力を込める。

天文ドームを望遠鏡が載った可動床ごと回転させるハンドルは、動き出しこそ渋かったが意外と簡単に回り始めた。しかしながら、それほど重くないギア比に設定されているせいか、床は気を付けないと動いているのが解らないくらいにしか回転していない。

「わあ遅い！」

勢いよくハンドルを回しながら、雅樹が声を上げた。

「こんなにゆっくりとしか廻らないのかよ！」

「そらまあ、天の日周運動追いかけるもんだから、これくらいでないと」

「日周運動ってなんだ？」

「地球が自転してるから、太陽や星座が東から西に動いていくように見える運動のことだ、ちょっとストップ」

祥兵は、舵輪のようなハンドルの横の大きな鉄棒に気付いた。

「なんだ？」

「これがここにある、ってことは、変速ギアかな?」

鉄棒の先には、旧式な自転車のロッドブレーキのようなレバーが付いている。祥兵は、鉄棒の先のグリップごとレバーを握ってみた。レバーに接続されているロッドはストッパーにでも接続されているらしく、レバーを握らない状態ならびくともしない鉄棒は握っていれば動かせる。

「よいしょ、と」

レバーを握って鉄棒を扇形に動かす。がちがち、と歯車が噛み合う手応えがして、鉄棒は別なポジションに収まった。

「よし、これで廻してみよう」

「あいよ」

男二人がハンドルに取り付いて力を合わせる。雅樹が声を上げた。

「わあいきなり重くなった!」

「やっぱり回転用の変速ギアだったか。なんとかなるな、このまんま廻すぞ」

さっきよりはましと言えるくらいの角速度で、観測ドームの床が回転していく。

「ちょっと待って」

回転する床に立っていたマリアが手を挙げた。

「誰か、来たみたい」

回転床に開かれた扉から階下を覗き込む。

「おお、開いてるじゃないか、ちょうどよかった、ごめんくださーい」

「誰？」

マリアが階下に声をかけた。

「観測ドームは、今、天文部が使用中よ！」

「電波研の篠木《ささき》伝治郎《でんじろう》だ！」

声が返ってきた。

「デムパ系!?」

祥兵がお約束の聞き直しをする。

「電波研だ。今ちょっといいか？」

「なんの用だ？」

「いや、今朝から妙な電波源が校内のあちこち動き回ってるんで、放課後になって本格的な索敵してみたら、この上が発信源らしいんで、見せて欲しいんだが」

「妙な電波の、発信源？」

天文部員の顔を見廻しながら、祥兵は階下に叫び返した。

「なんの話だ？」

「定常波だ」

声だけが返ってきた。

「電波なのに、拡散せず、減衰しない、そんなおかしな定常波がうちの観測に引っ掛ったんだ。放課後になっても消えないんで探してここまで来たんだが……」

はっと気付いて、祥兵は観測床の隅に座っていたはずの鞠子人形を見た。

いない。

「今も、その電波源はここにあるのか？」

「今？」

スイッチをかちゃかちゃするような音とともに返事があった。

「いや、今は検出出来てないけど……」

「わかった」

祥兵は、ハンドルから離れて床に大きく開かれた出入り口に戻った。可動床が回転したから作りつけの階段から多少ずれている。

「いいよ、上がって来い。回転床、戻すか？」

「これくらいなら大丈夫だ、んじゃおじゃましまっす」

多少ずれた階段から、ヘッドセットを首に、スイッチだらけの機械を肩からベルトでかけ、片手には小さなテレビアンテナのような八木アンテナを持った電波研の篠木伝治郎が上がってきた。

「おー、中こんなになってたんか」

一般生徒にとって観測ドームは煉瓦校舎の一番上にある見慣れた施設である。しかし、当の天文部員ですら年に何度も入らない鍵がかけられたままの施設であり、部外者が中にはいる機会はほとんどない。

「何やってたんだおまえ？」

祥兵が、胡散臭そうにピストルグリップ付きの八木アンテナを大型拳銃のように提げた伝治郎を見た。伝治郎は、小さなアンテナが平行にいくつも連なるアンテナの先でドームをひと巡りして見せた。

「だから、謎の電波源の探索。消えない電波がどっかから出てるんで、その出所《でどころ》を探してたんだ」

「消えない、電波？」

祥兵は、もう一度鞠子人形が座っていた辺りを見た。

「その電波は、今もここにある？」

「いんや」

身体ごとアンテナを一周させて、伝治郎は肩から提げたメーターだらけのアナライザーに目を落とした。

「消えた。今のところ、どこにも発振してない。いなきゃいいや、邪魔したたな」

「ちょっと待て、その話詳しく聞かせろ」

「あれ、珍しいね。電波系の話だぜ？　心当たりでもあるの？」

「そっちの説明をこっちが理解出来たら話してやる。だから、わかりやすく説明しろよ」

「ええと」

伝治郎は、説明を待つ祥兵だけではなく、観測ドームにいる天文部員の顔を見廻した。

「まいったなこりゃ、本気で電波の説明聞きたいのかよ。いったいなにがあったんだ？」

「だから、そっちの説明が先だ。正直言うと、こっちにだって何が起きたのか正確にはわかってないんだ」

「わかったよ、えーと、どっから説明すればいい？」

祥兵は、同じ天文部員たちの顔に目を走らせた。

「おまえら電波研に比べればこっちゃあ全員しろーとだ。わかりやすく頼む」

「長くなるぜ？」

「手短かに」

マリアに低い声で凄まれて、伝治郎はにやりと片手を挙げた。

「えー、まずそもそも電波ってのは、波だ。光より波長が長いもんで目に見えないくらいの光が電波だ。厳密には粒子だったり波だったりいろいろ問題があるが、波長が音波より高くて光より短いのが電波だって、まあだいたいそう思ってくれればいい」

「またざっくりした説明を」

「わかりやすくって言ったのはそっちだぜ。電波っつってもいっぱい種類があるからね、周波数や出力によっていろんな性質がある。周波数が高くなればなるほど光に近くなるから、ビルや山で遮られやすくなったり、逆にそれほど高くなければ音みたいに閉じてるドアの向こうからでも届いたりする。電波の基本はこれでいいか？」

伝治郎は部員たちの顔を見廻して、ポケットから小振りのフラッシュライトを取り出した。

「今、ここにライトがある。電波じゃ目に見えないから、これが電波の代わりだ」

逆手に持ったフラッシュライトの底のボタンを親指で押して、伝治郎はスイッチを入れた。細く絞られた白い光が観測ドームの暗所に放たれた。

「電波よりずっと周波数高いけど、今このライトから出てる光も電磁波の一種だ。今、このライトから放たれた電波は壁に当たって反射して拡散してる」

伝治郎はライトを消した。

「電波の発射を切れば、ライトは消える。んじゃ、最初に発射した光はどうなった？」

マリアと雅樹は、なにを言ってるんだという顔で伝治郎を見た。

「光は光速で壁に当たって反射してどっかに飛んでった」

祥兵が答えた。

「そういうことか?」

伝治郎は頷いた。

「だいたいそういうことだ。電波は光と同じで光速で飛んで、なんかにぶつかれば反射したり吸収されたりするけど、そのままずっと飛んでいく。それともうひとつ、電波ってのは、発射したその瞬間から拡散していく」

伝治郎は、消したままのライトのレンズを祥兵の顔に向けた。

「今ここで点灯したらまぶしいだろうけど、ちょっと離れればまぶしくなくなる。校舎の端まで離れたら、点いてるかどうかもわからなくなるかもしれない。なんでだ?」

「……拡散する、から?」

質問の意図が摑めないまま、祥兵は伝治郎の言葉を繰り返すように答えた。

「そうだ。普通の光なら拡散して拡がって行く。発射された光も電波もどこまでも無限に飛んでいくけど、拡がってまばらになってそのうち目に見えなくなって、でっかいアンテナでもなければキャッチ出来なくなって、そのうち分解能の限界を超えてノイズと区別がつかなくなる」

伝治郎は、スイッチを切ったフラッシュライトをポケットに放り込んだ。

「電波も同じだ。声といっしょで、発振されたら拡散しながら飛んでいって、そのうち消える。電波は光速で、声なら音波だから音速で飛んでいくが、だいたいそのうち拡散して、消える」

伝治郎は、ピストルグリップ付きのアンテナを右手に持ち換えた。

「ところが、拡散せず、減衰もしない、そんな電波が検出されたら、どうする？」

天文部員たちは、よくわからないまま顔を見合わせた。祥兵は伝治郎に目を戻した。

「よくわからないんだが、そういう電波は存在しないはずなんじゃないのか？」

「そうだよ？」

今さらなにをという顔で、伝治郎は天文部員たちの顔を見廻した。

「だからこそ、電波研が総出で発信源を探す価値がある。だって地球上に存在しないはずの、電磁波だけじゃなくて物理の法則そーとー無視してるいいかげんな設定の電波だからねえ。いったいなにをどうすればそんなものが存在出来るのか、ぜひ発信源を見付けて調べてみたい」

「いちど発射された電波が、減衰もせず、拡散もしないと」

祥兵は注意深く伝治郎の言葉を繰り返した。

「そうすると、どうなるんだ？」

少し考えて、伝治郎は答えた。

「電波が、拡散もせず減衰もしないまま、ずっと飛んでることになる」

「レーザー光線みたいに？」

「お、ちっとは知ってるな。いや、レーザー光線だってふだん使ってるような距離じゃ拡がらないけど、数千万キロとか億単位の距離走れば発射時よりはぼけて拡散しちまう。そりゃまあ完全に位相が揃ったレーザーをいっさい障害物のない無限の空間に発射すればずうーっと減衰も拡散もしないでそのまんま飛んでいくって理屈だけど、現実の世の中じゃいろいろと無理がある設定だわな」

「でも、電波研が検出した電波は、そういう減衰も拡散もしないでずっと飛び続ける電波なんだろ？」

祥兵は、ふとあることに気付いて質問してみた。

「ずっと、って、いったいどれくらい長い時間だ？」

伝治郎は、空に向いている観測ドームの天体望遠鏡を見上げた。

「星と同じだよ。夜空の星って何百光年も何万光年も離れてるってのは、あれは何百年も何万年も昔に発射された光なんだろ？　普通の光や電波でさえ減衰したり拡散したりしながら何千何万年も飛んでるんだから、これが減衰も拡散もしない電波なら、たぶんずうーっと、飛び続ける」

「なんだよそれ」

祥兵は溜息を吐いた。

「ほとんど怪奇現象じゃねえか」

伝治郎は満足げにうなずいた。

「そうだよ」

「理解が早くてよろしい」

「ちょっと待て」

首をかしげながら、祥兵は伝治郎に顔を上げた。

「光速で飛んでくはずの電波が、いくら広がらず弱くもならないってったってどうしてそれで何度も検出できるんだ？」

祥兵は胡散臭そうな顔で、ピストルグリップにセットされた八木アンテナを見た。

「光と同じなら、まっすぐ飛んでいって返ってこないんじゃないのか？」

伝治郎は、左手に持ったフラッシュライトを天井に向けて点滅させて見せた。

「光と同じだ。電波もいろんなものに反射する。ふつうの電波なら障害物に当ったところで拡散したり吸収されて熱転化して消えたりするけれど、何せこの電波は拡散しないし減衰もしない。完璧な鏡に当った光みたいに、どれだけ行っても消えることはない」

「そんな……」

ようやく、祥兵は伝治郎が言う減衰しない電波の異常性を理解し始めていた。

「点きっぱなしの電球みたいね」

マリアが正直な感想を述べた。

「そうね」

伝治郎は首肯した。

「似てるかもしれない。ただし、この電球は電線に繋がってなくても、自分で勝手に光り続ける」

「そのエネルギーはどっから出てくるんだ？」

祥兵はさらに険しい顔で質問した。

「電源もなしに光り続ける電球なんて、そんな永久機関みたいな都合のいいもんがこの世に存在するわけないじゃないか」

「そだよ」

伝治郎はにやりと笑った。

「だから、電波研《うち》が総出で探してるんだ。なんか知ってたら、教えてくんない？」

祥兵は、マリアと顔を見合わせてから悠美を見た。悠美はいつもの微笑を湛えて頷いた。よくわかっていない顔の雅樹を見て、祥兵はゆっくりと溜息を吐いた。

「……その、減衰もせず拡散もしない電波を捕まえて、おまえらいったいどうする気なんだ？」

「捕まえる？」

大袈裟な声で、伝治郎は聞き返した。

「無理無理、光速で飛び回る上に自分勝手に好きな方向に反射してくような電波、捕まえとくなんて出来るもんか。そおねえ、完璧な鏡で囲った部屋でもあってその中に電波を入射させることが出来れば、しばらくは保持しておくことが出来るかもしれないけど」

「さっきから言ってる完璧な鏡ってなに？」

マリアが訊いた。伝治郎は答えた。

「光でも電磁波でも、映ったものを１００パーセント完全に反射する鏡だ」

「普通の鏡じゃ駄目なの？」

「駄目なんだなこれが。鏡って完全に見えても、完全な平面じゃないし光を１００パーセント全部反射してるわけじゃない。そらそこらへんで売ってる鏡だって９９・９パーセント以上の反射率で見てるだけなら完璧に見えるけど、実際には触ってもわからないような凸凹があるし埃だって付いてる。光はそういう微妙なところで散乱したり拡散したりして、熱やなんかほかのものになって減衰しちゃう。この世の材料をどれだけ磨いたって完璧な理想平面は出来ないし、もし仮にそんなものを作れたとしても全てを完全に反射する素材もない。だから、完璧な鏡は理論上想像することは出来ても、実際に作ることは出来ない」

「ちょっと待て」

祥兵は伝治郎の顔を見直した。

「自分勝手に好きな方に飛んでく電波って、今そう言ったか？」

伝治郎は笑った目のまま頷いた。

「気付いた？　いや、証拠があってそう言ってるわけじゃないんだけどね、そうでも考えないと、飛んでいったらそれっきりなはずの電波が、うちの学校の中で自慢出来るような精度出してるわけでもないこんなアンテナに何度も引っ掛かるなんてありえないだろ？」

「何度も引っ掛かってるのか？」

祥兵は慎重に質問した。伝治郎は頷いた。

「今日の朝から、何度も」

「発信源の場所は、特定出来てる？」

「それが出来てればこんなところにまで探しに来ないって。しかしまあ、あのあたりから出たんかなーって候補ならいくつか」

「どこだ？」

「職員室だろ、図書室だろ、いちばん最近はここ、天文台」

伝治郎は空いている手で仰角をかけた天体望遠鏡を指した。それから、その指先を祥兵に向ける。

「それから、天文部部室」

祥兵は、伝治郎が提げている八木アンテナを見て、伝治郎の顔を見た。

「えっと、悠美ちゃん、部室行って、まだ鞠子さんいるかどうか見てくんない？」

「わかりました」

「祥兵！」

マリアが咎めるような声を上げた。祥兵は、伝治郎から目を離さない。

「んで、もし鞠子さんが部室にいたら、紹介したい友達がいるから連れてくるんで待ってってくれって伝えて」

「わかりました」

悠美はぱたぱたと観測ドームの床のドアに動き出した。ちょっとずれてる階段から降りようとして、気付いたように顔を上げる。

「あの、待っててって、どうやって伝えれば？」

「任せる」

「はい」

「マリアもついてって、サポート頼む」

「サポートってなによ」

「部室に鞠子さんがいなかったら、いそうなところ探してみて、で、部室に連れ戻しておいて」

「簡単に言うわね」

マリアは、ぱたぱたと観測ドームから降りていった悠美を追いかけた。

「出来なくても文句は言わせないわよ」

「言うもんか」

祥兵は伝治郎に相手を変えた。

「今、他の電波研の部員とは連絡取れるの？」

「もちろん」

伝治郎は腰のベルトの後ろに挿したトランシーバーを叩いてみせた。

「なんか、配置しとく？」

ちょっと考えて、祥兵は首を振った。

「いや、まだいい。たぶん、事情先に説明してからでないと、逃げられる」

「ほおー」

伝治郎は興味深げに頷いた。

「で、鞠子さんって、誰？」

祥兵は、伝治郎ににやりと笑い返した。

「うちの新入部員だ」

「正確に言えば、鞠子さんはうちの学校の生徒じゃない」

理科準備室兼天文部部室のドアの前で、祥兵は伝治郎に言った。

「そういうことにしておいた方がいちばん角が立たないだろう、ってことでそうしてる」

「いいんじゃね？　美人そうな名前で、期待できそう」

「本当は仮入部すらしてないんだが、えーと……」

それ以上の説明はあきらめて、祥兵は部室のドアをノックした。

「どうぞ」

部屋の中から、マリアの声が聞こえた。

「いるわよ」

「そりゃよかった」

祥兵は、伝治郎に向き直った。

「悪いけど、ちょっと外で待っててくれ。鞠子さんに事情を説明する。話はそれからだ」

「こっちにはまだ全然説明してもらってないんだが」

閉じられた理科準備室のドアを見て、伝治郎は祥兵を見た。

「その辺りは、あとでまとめてやってもらえるんだろうな？」

「出来ると思う」

祥兵は頷いた。

「信じてもらえるかどうか、わからないけど。んじゃ、電波研は雅樹といっしょに外で待ってくれ」

ドアを開けて、祥兵は部室に入った。素早くドアを閉じる。

伝治郎は、残された雅樹に向き直った。

「おまえらなにやってんの？」

雅樹は、閉じられたドアを見て答えた。

「たぶん、電波研と似たようなこと」

「ふうーん」

伝治郎は頷いて閉じられた天文部部室のドアを見た。

「だろうねえ」

しばらくして、再びドアが開いた。入ろうとした伝治郎を押し止めて、祥兵とマリア、悠美までが廊下に出てくる。

「なんだなんだ、鞠子さんに断られたんか？」

「いや、まだわからない」

わざわざもう一度部室のドアを閉めて、祥兵は首を振った。

「もし、鞠子さんが納得して電波研に会ってくれる、てえんなら、鞠子さんはたぶんまだ部室にいる。でも、会いたくない、ってことなら、消えてるかもしれない。入ってみるか？」

「よくわかんないけど、まあ、そういうことなら行ってみよー」

祥兵はもう一度細めにドアを開けて部室を覗き込んだ。大きく開ける。

「おっけー、いらっしゃった。紹介するよ、鞠子さんだ」

伝治郎は、天文部部室に足を踏み入れた。

「鞠子さん、紹介する。うちの高校の電波研の、篠木伝治郎だ」

「どおもー」

紹介されて挨拶するようにアンテナを差し上げながら、伝治郎は顧問の杏先生のデスクで旧式なCRTディスプレイを背に座る長い黒髪の日本人形をじっと見つめた。

「電波研の、篠木でーす」

まじめくさった祥兵の顔をちらりと見て、伝治郎は日本人形を見直した。

「なるほど、そう来たか」

紅縮緬の襦袢も鮮やかな和服の人形の胸元に、天文部、鞠子と書かれたプレートが紐で結んで下げられている。

「えーと、こちらが、鞠子さん？」

人形から目を離さずに、伝治郎は確認した。

「そうだ。伝治郎、これが、鞠子さんだ」

伝治郎を見て、祥兵はディスプレイを背もたれにデスクに座らせた鞠子人形に目を戻した。長い黒髪の古風な日本人形は、当たり前のようにそこにある。

「ども、えーと」

人形に話しかけようとして、伝治郎は祥兵に訊いた。

「日本語通じるの？」

「さあ？　なんか通じそうなコミュニケーション方法知ってるなら試してみてくれ」

「そんな便利なもんがあれば最初っから使ってるって」

軽く息を整えて、伝治郎は杏のデスクの上に座っている鞠子人形の前に歩いていった。

「あらためて、どうも、はじめまして。岩江高校電波研の、篠木伝治郎です」

軽く会釈なんかして、伝治郎は話し続けた。

「うちは電波研なもんで、電波の検出や、電波を使っていろいろ研究したりしてます。今日、ここにお邪魔したのは、今朝から不思議な電波がこの辺りを飛び回ってるのを検知したからで、その正体を突き止めるのに天文部に協力してもらって、ここに来ました」

伝治郎は、後ろで見ている天文部一同に軽く振り向いた。

「こんなもんでいいのか？」

「いいんじゃないかなあ」

腕を組んで、祥兵は鞠子人形から目を離さない。

「鞠子さん、消えないし」

「ん？　気にくわないと消えるのか？　んじゃ丁寧に説明しなきゃなあ。えーと、うちは研究が専門なんで、鞠子さんに危害を加える気はいっさいありません。鞠子さんが嫌だっていうなら、これから先の計測もしません。どうですかねえ、この部室の周りにアンテナ配置して、ちょいと鞠子さんのこと調べさせてもらっても大丈夫でしょうか？」

ただ座っているだけの人形に、伝治郎は続けた。

「調べるって言っても、周りにアンテナ置いて、なにが飛んでるか調べてみるだけで、鞠子さんに触るとかそういうことはするつもりはありません。よろしいですかね？」

返事を待つように鞠子人形を見る。反応はない。

「おっけーかな？　駄目かな？」

伝治郎が祥兵に参考意見を求めた。祥兵は肩をすくめた。

「もしなんか気に入らなければ、鞠子さんはたぶんどっかに行っちゃう。ここから消えなければ、まあ、たぶん、大丈夫ってことなんじゃないかなあ」

「消えるのかあ」

伝治郎はあらためてデスクの上の人形を見直した。

「そらまたずいぶん厄介だなあ。どうやって消えるか、誰か見た？」

伝治郎は天文部員一同の顔を見た。全員が一様に首を振る。

「いろいろと訳わかんないまんまか。まあしょうがない、よくある話だ」

伝治郎は鞠子人形に向き直った。

「それじゃあ、この周りにアンテナ配置させてもらいます。あ、鞠子さんはそのままでいいです。廊下と校庭とあと屋上、あわせて四ヶ所くらいにアンテナ配置して、検出できるのか出来ないのか試すだけですから」

ふと気付いたように、伝治郎は片手に提げていたピストルグリップ付きの八木アンテナを差し上げた。

「それから、目の前。この部室の中にも、アンテナ置かせてもらっていいですかね？」

返事を待つ。鞠子人形は動かない。

「勝手ですが、協力して頂けると解釈します。嫌になったらいつでも言って下さい、すぐ中止しますから」

伝治郎は、腰に差していたトランシーバーを抜いて鞠子人形に示した。

「放送電波だのケータイだのいろいろ飛び交ってる中で今さらって感じもしますが、これからこのトランシーバーで部員たちに連絡を取ってアンテナを配置します。いろいろ聞こえるかもしれませんが、聞かれて困るような話じゃないんで気にしないで下さい」

伝治郎は、トランシーバーのトークボタンを押して同じチャンネルを使っている部員たちへの連絡を開始した。部外者には理解困難な略号と符丁だらけの会話でアンテナ配置と計測のための指示を飛ばす。

「んじゃ、準備完了までしばしお待ちを」

ひととおりの連絡を終えて、伝治郎は実験卓の空いているスペースにトランシーバーと肩からベルトで提げていたスイッチだらけの計測機器を置いた。

「えーと、ちょいとその辺り借りていい？」

「いいけど、なにするんだ？」

「このアンテナ固定させてもらう」

伝治郎は、手に持っていた八木アンテナを見せた。

「動き回りながら計測するんじゃなきゃ、固定しといた方が精度がいいんだ。えーと、あっちのスチール棚でいいか」

伝治郎はポケットからハンドクランプを取り出して、壁のスチール棚に持ってきた八木アンテナの固定を開始した。作業の片手間に口を開く。

「聞いていいか？　その、鞠子人形、さん、前から天文部にいた、わけじゃないよな？」

「そだよ」

祥兵はあっさり答えた。伝治郎は重ねて訊いた。

「鞠子人形さん、どっから来たんだ？」

ちょっと考えて、祥兵は答えた。

「岩見大学の、山の中の昔の弾薬倉庫」

伝治郎はアンテナ固定の作業を続ける。

「間瀬研究室に行ったのか」

マリアと雅樹がはっとしたように伝治郎を見た。祥兵は気付かない振りで頷いてから、答えた。

「ああ、杏先生の紹介で」

「なるほどね。さあて、こんなもんでいいかしら。鞠子さん、あなたにアンテナが向きますが、これはこっちからなんか発射するもんじゃなくて電波をキャッチするだけのアンテナです。どうぞ、気にしないで好きにしててください」

伝治郎は、実験卓に置いた計測機器と固定した八木アンテナの接続を確認して、トランシーバーを取った。他の電波研部員たちに連絡をとって、アンテナの配置が完了したかどうか確認する。

「おっけー」

トランシーバー片手のまま、伝治郎は部室の時計と自分の腕時計を見比べた。そのまま実験卓の計測機器に手を延ばす。

「こっちの合図で計測開始だ。えー、なんかいろいろ音がするかもしれませんが、危険はないし爆発したりもしないんで気にしないでください。んじゃ、カウントゼロで計測開始、

3、2、1、ゼロ！」
伝治郎は、計測機器のメインスイッチを入れた。

あちこちの小さなライトやインジケーターが点灯する。ひと呼吸おいてから、ケータイの着信音や電子レンジの音、チャイムなどの音が束になって鳴り出した。

「な、なんだ？」

「悪《わり》い、持ち歩き用の機械なんで、いちいち見なくてもなにが反応してるかわかるように音が鳴るようにしてあるんだ」

伝治郎は、ライトやインジケーターが派手に点滅している計測機器のあちこちのダイヤルを素早く操作してボリュームを落とした。

「すげえな、FMだけかと思ったらUHFやAMにまでばっちり反応が出てる。ちょいと失礼」

伝治郎は棚に固定したアンテナに手を延ばした。向きを変える。派手にあちこちを点滅させていた計測機器の光が目に見えて遅くなり、ボリュームを下げた多種多様の電子音も静かになる。

伝治郎は、アンテナの向きを正確に鞠子人形に合わせた。計測機器の光が派手に点滅する。

「おー、おー、まさかここまではっきり出るとは」

伝治郎は満面の笑みを浮かべて天文部員たちを見廻し、デスクの上の鞠子人形に向き直って一礼した。

「岩江高校へようこそ。あなたが、定常波の発信源ですね」

鞠子は、ディスプレイを背に座っている。実験卓上の計測機器は、派手な点滅を続けている。

「発信源ったって」

祥兵は座ったままの鞠子人形を見た。

「鞠子さんは、普通の日本人形だって話だぜ。中身は木と布と、頭は陶器で目はガラス、前に調査した時にはなにも変なところはなかったって。なのに、そんな変な電波の発信源なのか?」

「そうだろうねえ。あー……」

伝治郎は説明の仕方を考えるように鞠子人形を見た。

「発信源って言ったけど、なんせ相手は拡散せず、減衰もしない電波だ。おまけに、言ったろ、たぶん自分の好きなように反射して自分の好きなところに行ける。だから、たぶん、鞠子さんが発信源なんじゃなくて、鞠子さんに電波がくっついてるんだと思う」

祥兵は鞠子人形を見て、伝治郎を見た。

「電波が、鞠子人形にまとわりついてるって、そういうことか?」

「たぶん、そういう理解であんまり間違いじゃないと思う」

伝治郎は鞠子人形に目をやった。

「電波がまとわりつきやすい素材とか、着物の織り方とか、なんか特定の条件があるのかもしれないけど、たぶん人形はアンテナかコンデンサーの役目しかしてないんじゃないかなあ。だから、最新技術でどれだけ調べたってなんにも出てこない」

「人形じゃなくて、減衰しない電波の方が本体だって、そういうことか？」

「そうなんじゃないかなあ、わかんないけど」

「んじゃ、その電波ってどんな電波なんだ？　受信できれば、いろいろわかるんだろ？」

「いやー、あのー、そう簡単にはいかない」

「なにー？」

「そりゃ相手が放送局が出してたりトランシーバーで使ってるような周波数も変調も復調も全部わかってるようなきれいな電波なら話は簡単だよ。テレビでもラジオでも、場合によったらケータイ繋いだって機械がちゃんと処理してくれる。でも、この電波はそうはいかない」

「なんだとー!?」

「いやだってどっからどうやって飛んできたのか、そもそもどうやって出来たのかもわかってない電波だぜ。こっちのアンテナに引っ掛かるような、とりあえず電磁波って分類出来るようなもんだってだけで万々歳で、こんな簡単に発信源が見つかるなんて考えてなかったから、あとの展開はなんも考えてなかった」

計測機器のあちこちをいじりながら、伝治郎は答えた。

「説明しただろ、普通に存在しないはずの電波だって。こんな簡単に発信源特定できるんなら、もっといろいろ考えておけばよかった」

「電波研のくせに受信した電波どうにもできないのー!?」

マリアが咆えた。伝治郎は降参するように両手を挙げた。

「だから、電波が飛んでるのと周波数がわかっても、それに合わせたテレビやラジオ作らないと受信もなんにもできないでしょぉ。この場合、鞠子さんがどんなラジオやトランシーバー使ってるのか、そもそもそういうことに使える電波なのかすらわかってないんだってば」

「大昔の通信機とか暗号機とか後生大事に抱え込んでるのが自慢の電波研でしょ!? 手持ちの骨董品でなんとかしようとか、そういうことはできないの!?」

「手持ちの骨董品ったって、ぜんぶご先祖様が設計して調整して自分たちで使えるようにしてた機械だよぉ。こんな訳のわからない電波いきなり受信させたって、そのまんま雑音再生するのがオチだよ」

「じゃあどうすればいいの!?」

「知るかあーい！　サンプルいっぱい集めて分析すればなんとかなるかもしれないけど、片っ端からコンピューターにパターン分析させたってそっから先なにをどうすればいいのか」

「鞠子さんが、電波の形で、ここにいる、って、そういうことか？」

祥兵は、人形と計測機器を見比べた。伝治郎は頷いた。

「これだけははっきり計測出来てるんだ。それは間違いない」

「鞠子さん、というか、んじゃ、電波は何やってるんだ？」

伝治郎は、祥兵に顔を上げた。

「なにを？」

「えーと、鞠子さんは、最初は倉庫の中にいたんだ」

祥兵は順を追って説明を開始した。

「昨日の夕方。で、そのあと、車に乗って、杏先生の家に行って、今朝も杏先生の車に乗って、うちに、この部室に来た」

「自分で？」

「誰も、動くところは見てない」

祥兵は、ディスプレイを背に座る鞠子を見た。

「ちょっと目を離して、気が付くといなくなってる。今朝は部室にいたんだけど、そのあと図書室、それから観測ドームで発見された。てっきり、なんか調べてると思ったんだよなあ」

「調べてるって？」

「だから、なにをどうやってるのかは知らないけど、本の中身見たり目の前にあるものを分析するくらいのことは出来るんじゃないかなと思ったんだ。電波って……」

祥兵は言いにくそうに訊いた。

「もの、見れるの？」

「えー、少なくとも今検出できてる周波数は人間の可視範囲よりずいぶん下で、そもそも見るってのは光を感知するってことで、こいつは光じゃないから」

伝治郎はぶつぶつ言い出した。

「でも、図書室で印刷されてるものを見るなら、光でも電磁波でも反射率さえ違えば読み取れる、のか？」

「閉じたまんまの本棚の本を、どうやって読めるの？」

胡散臭そうな顔でマリアが訊いた。伝治郎は両腕組んで考えながら答える。

「そりゃまー、電波ならごく短距離なら本のページくらい透過出来るし、普通の電波なら減衰しちゃうところこの電波はどれだけ行っても減衰しないって特技付きだし」

「電波が、文字読めるの？」

「あれ？」

伝治郎は不思議そうな顔で人形の胸元に提げられた名札を指した。

「おまいらも、そう思って天文部、鞠子、って書いたんじゃないの？」

言われて、マリアは祥兵と顔を見合わせた。

「いや、あのときは人形が本体でまさか電波の方が本体だなんて考えてなかったから」

「言われてみればそうよね」

マリアはあっさり認めた。

「それじゃ、鞠子さんは文字が読める。つまり、見えてるのね？」

「見えてるかどうかなんて、そりゃ本人に訊いてみなきゃわからないけど」

伝治郎は天文部員たちの顔を見廻して、人形を見た。

「でも、少なくとも天文部は鞠子さんに人格認めて名札授けたんじゃないの？」

「それはそうなんだが、それは鞠子さんが自分で文字や画像認識して理解してるんじゃないかって思ったからで、いっくらなんでも電磁波だけでそんなことやってるなんて……」

祥兵は、難しい顔で鞠子人形を見ている。

「……なあ、電波研と見込んで頼みがあるんだが」

「なんだ今さら」

「鞠子さんと」

祥兵は伝治郎に向き直った。

「コミュニケーションとれないか？」

「え？」

聞き返して、伝治郎は人形とアンテナ、計測機器をたっぷり時間をかけて見直した。

「コミュニケーションってのは同じようなもの見て同じようにもの考えて、せめて最低限同じ言葉喋れないと出来るもんじゃないぜ。相手は規格もなんにもわからない電波だってのに、どうやってコミュニケーションとる気だ？」

「だから、電波研に頼んでるんだ」

祥兵は、伝治郎が手に持ったままのトランシーバーを指した。

「そのトランシーバー、周波数FMだろ？　鞠子さんの周波数がFMにも出てるんなら、それで話しかければ音声で反応あるとか、期待できない？」

「そんな簡単にいくわけあるかい！　喋ってるのは肉声だけど、それをFM電波に変換して受信した方で声に直して再生してるんだ。相手に同じ変換方法、どうやって知らせて理解してもらえばいいんだよ」

「んーと……」

ちょっと考えて、祥兵は答えた。

「もし、鞠子さんが本を読めるなら、電波関係の技術の本読んでもらえば、なんとか理解してもらってこっちに合せるとか、期待できない？」

「あのさあ、相手が放送電波みたいに振幅変調か周波数変調なのか、そもそもアナログなのかデジタルなのかすらわかんないのに、それあんまりにも無茶だと思わないか？」

「……そうか」

伝治郎の言葉を完全に理解したわけではないが、祥兵はさらに難しい顔になった。

「周波数出たからって、それで相手の正体がわかったってわけじゃないもんなあ。アナログとかデジタルって、そんなに違うもんなの？」

「違うよ。ラジオとテレビくらい違う。どっちにも規格があって、それに合わなきゃ受信もできない。鞠子さんの電波は、受信は出来たけどどの周波数で飛んでるってわかっただけで、どんな受信機なら意味のある受信出来るのか、出来ないのか、それもわからない」

「どうやれば、わかるようになる？」

訊かれて、伝治郎はうーんと頭に手を当てて考え込んだ。

「サンプルいっぱいあれば、分析して、なんとかなる、かなあ。想像してみ、たとえば数週間分の放送電波生のまま記録したデータがあって、それ以外の放送機材もデッキもなんにもない場合、どうやれば生データから放送番組再生できると思う？」

「……テレビもない、ってことか」

「そうだ。そもそもテレビで受信する電波かどうかもわからない」

「そういう事態なら、受信した電波を分析してパターン見つけ出して、ええと……」

想像される作業の膨大さに、祥兵は長い溜息を吐いた。

「暗号解読するようなもんか」

「辞書なしで古代文字解読するのに近いと思う。しかも、電波相手だと文字の数がいくつあるかわからない。相手にその気があって協力してくれるとしても、いったいなにからはじめればいいんだか」

「あのね、鞠子さん」

話を聞いていた悠美は、両膝に手をついてディスプレイを背に座る鞠子人形の顔を覗き込んだ。

「わたしたちは、あなたと話がしたいと思っています。お話、出来ますか？」

「……聞いてると思うか？」

「わかんないけど、僕たちもいちおーあーやって話しかけてたわけだし、それでたぶん理解してもらえるって期待してたんだし、それに」

祥兵は、鞠子人形と話し掛けている悠美に目をやった。

「ちょっと目を離すとすぐ消えてた鞠子さんが、ここまで消えずに付き合ってくれてるんだから、拒否されたりしてるんじゃないんじゃないかなあ」

「お話しするために、いろいろ調べたいと思ってます。そのためになにをすればいいかもよくわかってないんだけど、協力してもらえますか？」

「聞いてるように見えるなあ」

　伝治郎は感心している。

「チューニングが近いのかなあ」

「なにいってんのよ」

　マリアが軽く伝治郎を睨む。

「いや、なんか、彼女なら話通じそうに見えて」

「電波計測なら、蓑山の天文台が専門か」

　祥兵が、独りごとのように言った。伝治郎は頷いた。

「ああ。あそこならたぶん、昔っからのいろんなデータの蓄積もあるし、パターン解析にはうってつけの化け物みたいなスパコンもある」

「んー……」

　祥兵は、鞠子人形にゆっくり話しかけている悠美を見ている。

「僕たちで、何とか出来ないか？」

「ん？」

「いや、だからさ、蓑山の電波天文台に話持っていって、あっちの観測設備総動員して鞠子さん調べれば、そりゃそれなりの成果が出るとは思うんだ」

祥兵は悠美と鞠子人形を見ている。

「ただなあ、杏先生でも間瀬さんでも、話持ってったとたんに鞠子さん連れてかれて、それっきりこっちの手を離れるような気がしないか？」

ちょっと考えて、伝治郎はうなずいた。

「間違いない」

「今んところ、鞠子さんは岩大の山んなかの弾薬倉庫から間瀬研究室経由で天文部《うち》に居候の身の上だ。あちこちいなくなったりしてる鞠子さんが、好きなところに落としてこれるだろう名札付けてくれてるってことは、今の身の上を嫌がってないってことだと思う。んだけど、もし今までのことを杏先生なり間瀬さんなり、でなければ蓑山天文台の、えーと佐伯さんとかに報告なり相談なりしたら、まあたぶん鞠子さん回収されちゃうよなあ」

伝治郎は訳知り顔でうなずいた。

「でもまあ、嫌ならすぐどっか行っちゃうって特技があるんじゃないの？」

「ああ。そもそも、鞠子さんがここに来たのだって、弾薬庫から連れ出したんじゃなくて、案内してくれた間瀬さんの車にいつの間にか乗ってて、研究室に回収されたはずが今度は杏先生の車に乗ってて、それで網元の屋敷まで行ったんだ」

「ほおー」

伝治郎は鞠子人形に目をやった。

「見かけによらず活動的なのね」

「今朝は杏先生の車に乗って登校して、悠美ちゃんにうちの部室までつれてこられたけど、授業中どこに出てたのかは、ご存じの通りだ。もちろん、消えるところも現われるところもだれも見てない」

「なら、間瀬研究室に回収されても蓑山天文台に連行されても、人形ごと消えるか電波だけどっか飛んでいってお終いじゃないかなあ」

「ならやっぱり、僕たちだけでなんとかしたい。少なくとも、今なら鞠子さん協力してくれる」

祥兵はちらりと熱心に人形に話しかけている悠美に目をやった。

「かどうかはともかく、すぐに逃げちゃってどこに行ったかもわからない、みたいな事態じゃないし」

「やる気はいいと思うし方針にも反対はしないけどさ、具体的にどうするつもりだよ」

「そうだなあ」

祥兵は、実験卓の上の計測機器とアンテナと、ディスプレイを背に座る人形を見廻した。

「まずは基本に忠実にサンプル獲り、アンテナで受信した電波って記録してるんだろ？」

「そらまーカード入ってるから、計測開始してからの記録は取れてるけど」

「だったら、サンプル取れるだけ取って、コンピューターでパターン分析」

「だれが？」

伝治郎は天文部員たちの顔を見た。全員の視線が祥兵に集中する。

「どのコンピューターで？」

全員の視線が、鞠子人形が背もたれにして座っている備品の旧型コンピューターに集まった。

「いや、こんな旧式だといっくらなんでも」

はっと気付いたような顔で祥兵はぽんっと手を叩いた。

「そーいやこいつ、蓑山の主力コンピューター《メインフレーム》に繋がってたっけ」

「天文部なら、ネットワークから天文台のデータにも触れるんじゃねえの？」

「そら観測データだけなら見放題だけど、それでどうやってあの化け物みたいなスパコンに触れると？　だいたいこいつウィンドウズですらないってのに」

祥兵は、あっという顔で備品の旧式コンピューターの前で熱心に人形に話しかけている悠美を見た。

「悠美ちゃん！」

「は、はい？」

悠美はびっくり顔で人形から振り向いた。祥兵は、コンピューター本体のメインスイッチとディスプレイのスイッチを入れた。

「前に、蓑山天文台にここから接続したの覚えてる？」

何度か目をしばたかせてから、悠美は慎重にうなずいた。

「はい……」

「なら、このコンピューターの使い方、わかるよね？」

悠美は、さらに慎重に鞠子人形がもたれているディスプレイと有線接続のごついキーボードを見比べた。

「……はい、なんとなくわかります」

「よっしゃ、んじゃ、ここから蓑山天文台の垓ってスパコンに接続して……」

祥兵の目が泳ぎ出す。

「接続して、どうする？」

伝治郎は肩をすくめた。

「蓑山なら、データ解析用のプログラムがいくらでもあるだろうけど、それがいったいなにをどうやってスパコンに解析させてるんだか、見当も付かないぜ。やっぱあっちの専門家に助力を仰いだ方がいいんじゃね？」

祥兵は、点灯した旧式なブラウン管式ディスプレイを背に座ったままの鞠子人形を見た。

「いや、連絡するならいつでも出来る。とりあえず出来るだけのことやってみて、それでなんにも結果出ないか鞠子さんに愛想尽かされるかわかんないけど、間瀬さんや佐伯さんに連絡するのはそれからでもいいんじゃないのかなあ」

「ああ、んじゃとりあえず今日のところは、謎の電磁波記録続けるか」

「備品のコンピューターももうすこし早ければいろいろ使えるんかなー」

起動したコンピューターのログイン画面を眺めて、祥兵は呟いた。悠美が聞く。

「どうしますか？」

「えーと、とりあえず蓑山天文台に入って、電波天文関係のデータ、えーと天体が発射源じゃなくて、どっから飛んできたのかわからないような電波の記録があるかどうか調べてみて」

「特殊電波源でしょうか」

自信無さそうにディスプレイの前に座った悠美は、申し訳なさそうに鞠子人形を抱いてひざに乗せた。

「ごめんなさいね、これから天文台のデータ見に行くから、一緒に見てる？」

たたたた、と、祥兵や杏より早いタッチで悠美はキーボードを叩き出した。ログイン画面に部員用のパスワードを入れて、ディスプレイ上に英字が並ぶ入力画面に入る。

悠美のひざの上に乗せられた鞠子人形は、キーボード越しにディスプレイを見ているように見えた。

「なあ……」

「なんだ？」

「電波って、ネットに入れると思うか？」

祥兵に訊かれて、伝治郎は首を捻った。

「こんなアンテナでばりばりに検出出来るくらいの電波だぜ。そのまんま微細な電子回路に入り込んだら、あっというまに焼ききっちまう」

伝治郎はさらに首を捻った。

「んだけど、電波全部のどこまでが本体でどこからが指先なのか、他の電波や電気信号と交信したりコントロールしたり出来るのか、なんてことはわかるわけないから、もし、今のネットワークの仕組みを鞠子さんが理解したら、コンピューターの中のデータだけじゃなくて、ネットワーク内の情報もぜんぶ見れる、ようになる、のかなあ」


デスクの上で電話が鳴り出した。くたびれた事務椅子に身体を預けてぼーっとしていた杏は、叩き起こされたように電話に出た。

「はい岩高、職員室です……あ、部長!?」

「言動には気を付けて下さい」

第五管区情報部部長である佐伯は、電話越しに杏をやんわりたしなめた。はっと我に返った杏は、職員室を見廻した。

「いえ、大丈夫です。なんかありましたか？」

「岩高から天文台《ネットワーク》に、先ほどから頻繁なアクセスがあります。アクセスもとは岩高天文部部室のコンピューター、ユリス。杏さんの管理下の端末ですね？」

「そうです」

ユリスは、杏が理科準備室のコンピューターを引き継ぐ前から付けられていたコンピューターの固有名である。受話器を耳に当てたまま、杏は職員室の時計を見上げて現在時刻を確認した。部活動をしていても、そろそろ全校的に下校の時間である。

「アクセスの手際も閲覧速度も相当なものです。なにをやっているのか、知っていますか？」

「いえ……うちのユリスから蓑山にアタックがかかってるんですか？」

「いいえ、クラッキングとかそういう危険な攻撃が行なわれているわけではありません。今のところは、権限の中で公開されているデータをチェックしているだけのようなのですが、異様に手際がいいのとそのジャンルが気になりまして」

「手際がいい？」

杏は書類の下からキーボードを引っ張り出し、フレキシブルアームに乗せたディスプレイを自分の方に向けた。キーボードを叩いて、理科準備室のコンピューターとネットワークの使用状況を確認する。

「あーなるほど、これだけ早いキータッチはたぶん三日島悠美です。本人に自覚はありませんが、彼女はいまうちの高校でいちばんのオペレーターですから。しかし、ジャンル、ですか？」

「前に来た時は見映えのいい天体写真が主だったんですが、今回は電波データ、それも天体由来のものではないデータを探しているようです」

「あー……」

杏は周囲を見廻した。日本人形は見当たらない。

「えーと実は昨日、岩見大学の旧弾薬庫から、日本人形を借り出してまして」

「弾薬庫から？」

佐伯の声が低くなった。

「日本人形って、あの昔は動いて喋っていたって記録がある、日本人形ですか？」

「よくご存じで、さすが佐伯さん。えーと」

なんと説明したものか考えて、杏はおもいっきり説明を省略した。

「どうやらその日本人形に取り憑かれちゃったみたいなんで、その関連かもしれません」

「取り憑かれた、ですか？」

「ああ、今のところは実害もなんにもないんで心配しないでください。うちの部員たちが面倒見てるはずなんで、もし、その関連だとしたら、しばらく見ない振りしてもらえますか？」

「実害が出なければ、まあ大丈夫だとは思いますが」

「それに関してはこちらでなんとかします。危ないことになるようなら遠慮なくネットワークから閉め出して叱ってやってください、お願いします」

なにか動きがあればすぐに報告することを約束して、杏は電話を切った。切った電話機をしばらく眺めてから、デスクの上の携帯端末を手にとって電話をかける。

「間瀬研究室？　杏です。人形？　いいえ、今てもとにないわ、たぶんうちの部室で部員たちが相手してる。で、どうやら蓑山天文台のデータベースにアクセスはじめたらしいんだけど、そう、もちろんネットワーク経由よ。なんか面倒なことにならないように、そっちからも見張っておいてもらえるかしら？」

生徒に部活終了、帰宅を告げる鐘の音がスピーカーから鳴り出した。

「ええ、よろしく。……そうね、もう下校の時間だから、今日のところはそろそろ終わると思うわ。じゃね」

携帯を切って時刻表示を確認し、溜息を吐いて杏は職員室の椅子から立ち上がった。

「顧問としては、様子見に行かないわけにはいかないだろうなあ」


「入るぞー」

杏は出来るだけいつものように理科準備室のドアを開けた。会話が途切れた瞬間のように静まりかえった準備室の中から、いつもよりずいぶん多い視線が杏に集まる。

杏は、興味深げな顔で準備室内の生徒たちを見廻した。いつもの天文部部員に加え、電波研究部部員が何人か、それに部室内にいくつもの小型アンテナが持ち込まれ棚といわず壁といわず設置されている。

「どもー」

ワイシャツ姿の電波研部長、篠木伝治郎が片手を挙げて挨拶した。

「電波研、お邪魔してまーす」

「なにやっとるんだ？」

杏は、理科準備室に入った。

「今日はずいぶん盛況だな。なんの騒ぎだ？」

「ええと」

祥兵は、コンピューターの旧式なＣＲＴディスプレイを背に座る鞠子人形にちらりと目を走らせた。

「鞠子人形の調査を、電波研に協力してもらってます」

「んー？」

杏は、いつもの天文部員に加えて電波研部員が入り込んでいる上に、いろいろと電子装備が持ち込まれているおかげでずいぶんと混み合っている理科準備室を見渡した。

「なにか進展が？」

「えーと……」

部室にいる生徒たちの顔をざっと見廻して、祥兵は杏に向き直った。

「鞠子人形に、電波系の幽霊が取り憑いてるんじゃないかと思って、電波研と協力して調査してるところです」

「ほお？　で、どうなんだ？　うまく行きそうなのか？」

「いやあ、それが全然」

祥兵は大げさに肩をすくめて見せた。

「当てずっぽうにいろいろ試してますが、まだこれだあって胸張ってレポート出来るような成果は、今のところ上がる見込みもありません」

「そうか」

もう一度部室内の生徒たちの顔を見廻した杏の顔色が変わった。上げそうになった悲鳴を呑み込んで、ゆっくり息を吐く。

「だが、もう下校の時間だ。今日のところはこれまでにして、あとは明日以降にしろ」

はっと気づいて、祥兵はコンピューターのディスプレイにもたれて座っていたはずの鞠子人形に振り返った。

人形はそこにいなかった。旧式な大型ディスプレイが、コマンドラインを映し出している。

「消えた……」

「消えたー」

伝治郎が棒読みに呟いた。

「なるほど、これかあ」

今までそこにいたはずの日本人形がそこらへんに落ちていないかどうか、伝治郎は辺りを探した。

「誰か、消えるところを見た人はいる？」

電波研部員たちと天文部員たちが顔を見合わせる。返事はない。

「あー、たぶん、僕たちだけじゃなくて鞠子さんもそろそろ帰る時間だって思ったんじゃないかなあ」

祥兵は混み合っている部室の雅樹と電波研部員の間を抜けるようにドアに動いた。

「鞠子さんの行き先については心当たりがある。行ってみよう」

祥兵は、平静を装って部室入り口に立つ杏に声を掛けた。

「先生も一緒にいかがですか？」

岩江高校職員用駐車場は、来客用にも使われているから下校時間の今でも空きスペースは多い。コストパフォーマンス最優先の国産軽自動車から趣味のクラシックカーまで程度も年式も様々な自動車が並ぶ職員用駐車場の定位置に、杏の軽ワンボックスが駐まっている。

「ほらいた」

助手席側のウィンドウ越しに、車内を覗き込んだ祥兵が嬉しそうに声を上げた。

「先生、鞠子さん、いましたよ」

額に手を当ててうつむいて頭を振ってから、杏も助手席側から車内を覗き込んだ。

助手席に、当たり前のような顔をしてまっすぐ前を向いた鞠子人形が座っていた。

「なるほど、こういうことか」

フロントガラス側から助手席を覗き込んだ伝治郎が、運転席側に廻る。

「先生、開けてみていいですか？」

「閉まってるぞ」

疲れた顔の杏が、指に絡げた車のキーだけでなくほかにもいろいろまとめられているキーホルダーを伝治郎に向けた。

「ええ、そう見えます」

外から見ても、車内のロックはかかっているように見える。

「こっちは閉まってる」

助手席側の前と後ろのドアノブに手をかけて、祥兵はワンボックスがロックされているのを確認した。

「こっちもだ」

運転席側と、リヤハッチにも手をかけて、伝治郎が戻ってきた。

「つまり、鞠子さんが自分でドア開けて、中に入って、ドア閉めた」

「やめろ」

「んでなければ、天文部室から車の中に瞬間移動した、のか？」

「そこまでにしておけ」

低い声で言ってから、杏はぱんぱんと両手を叩いた。

「鞠子人形も帰る時間だと言ってる。おまえらも早く後始末して帰れ」

杏は、駐車場のワンボックスに背を向けて歩き出した。祥兵が背中に声をかける。

「あれ、帰らないんですか？」

「こっちも後始末がある。だいたい、生徒より先に教師が帰るわけに行かないだろう」

「へい」

校舎に戻る杏を見送る祥兵を、マリアがつついた。

「先生、ほんとにこっちがなにやってるのか知らないと思う？」

「知らないふりしてるだけに決まってんだろ」

祥兵は、校舎に戻る杏を見送っている。

「杏先生が部室のコンピューターの使用状況や、ましてやアクセス先まで見てないはずがない。だけどまー、ここまでなんにも言われないってことは、こっちが何やってるかある程度把握してて出来るところまでやってみろ、って意味でもあると思うんだよな。もし天文部だけじゃなくて電波研まで巻き込んで間違った方向に突き進もうとしてれば、間違いなくストップかけられると思うから」

「しばらくは鞠子人形と遊んでろ、ってことか？」

伝治郎が言った。

「先生もあれでいろいろ忙しいらしいからねえ。だからまあ、こっちはこっちで出来ることやりましょー」

第三日

翌日。

鞠子人形は、前日と同じように梅田の網元屋敷から杏先生のワンボックスに乗って登校した。悠美に連れられて、朝の天文部部室に出席、そのまま授業開始まで部室に置いておかれ、一時間目終了後には行方不明になっていた。

そして、昼休み。

「あのー」

理科準備室に持ち込んだ弁当にも手を付けずに、大型ＣＲＴディスプレイとにらめっこしてキーボードを叩いていた悠美が申し訳なさそうに祥兵に椅子を廻した。

「やっぱり、駄目みたいです」

「なに探してるんだ?」

　こちらは弁当だけでなく、ノート型端末まで持ち込んできた伝治郎が訊く。

「天文台のデータベースから、天体由来じゃない宇宙からの電波探してもらったんだ」

　祥兵はハイペースで持ち込みのコンビニ弁当を片付けている。

「電波研で受信した謎の電波に似たパターンがあれば、鞠子さんと通信するのに役に立つんじゃないかと思って調べてもらってるんだけど」

「またずいぶんざっくりした調査だなあ」

「公開されてるデータはそれこそいっぱいあるんですけど、でも、とにかく量が多いのと、あと、置かれてるデータは未解析の生データばっかりです。似たようなデータがあるかもしれませんけど、似てるデータが見つかるってだけで分類されてるだけですから、似たような受信データが増えるだけです」

　祥兵は伝治郎と顔を見合わせた。伝治郎が質問する。

「……つまり?」

「いやまー、予想すべきではあったんだが、蓑山天文台でこっちがアクセス出来るデータはあたりまえのことながら未処理未分析の生の観測結果ばっかりで、こっちの役に立つように解析されて整理されてるデータなんてないってこと」

「あらまあ」

「そりゃそうだよなあ、文法まで解析出来るようなわかりやすい通信データがあれば真っ先に分析して辞書にして、使えるとなれば世界に向けて公開してるようなところには置いておかないわなあ」

弁当のお新香をつまみながら、祥兵は伝治郎に向いた。

「んで、そっちの成果は？」

愛用の漆塗りの弁当箱に丸箸をおいた伝治郎は、降伏するように両手を挙げてみせた。

「昨日のうちに取ったデータ、うちの方で解析してみたけど、えーとまあかろうじて有意信号かなーってのもだいたい出力一定で周波数もだいたい決まってるところに収まってるからそうかなー、くらいで、そこから先はもーなにをどーすればいいのやら。うちってただの電波研で、こういう訳のわからないデータの解析はそれこそ電波天文学の領域じゃないかと思うんだけど、そちら、天文部だったよね？」

「誰か電波天文学の素養があるような部員がいるように見える？」

「えーと」

伝治郎は視線をハイペースでキーボードを叩き続けている悠美に向けた。祥兵は難しい顔で首を振る。

「無理？」

「たぶん。本人が何やってるかの自覚ないから、情報収集は得意なんだけど、分析とか出来ないタイプ」

「あー、そーゆーことかあ」

コンピューターに向かったままの悠美の後ろ姿に、伝治郎は首を振る。

「惜しい！　あれだけのスキルがあるのにそんな使い方しかできないのは実に惜しい！　世が世ならゲームプレイヤーとして世界で戦えたかもしれないのに」

「いやまーいろいろ問題あるんで無理だと思うけどねー」

「昔の鞠子人形は、自分で動いたり喋ったりしたって話よね？」

今日の昼は食堂ですませてきたマリアが質問した。

「そう聞いた、けど」

祥兵はマリアに顔を上げた。マリアは、部室にいる天文部員と電波研部長の顔を見廻した。

「今の鞠子さんが動いたり喋ったりするところは、誰か見た？」

言われた祥兵は伝治郎と顔を見合わせた。

「いや、誰も」

「鞠子さんの本体が電波だとしたら、本体はともかく人形がどうやって瞬間移動してるかってのもわからないんだけど、昔はどうやって動いたり喋ったりしてたの？」

「そりゃおまえ、人形のことだから」

祥兵は、実験卓に座っている鞠子人形に目をやった。

「からくり人形、じゃないんだよな？」

「そう聞いてる。レントゲン写真まで撮ったけど、中身は布と木と陶器の部品で、普通の抱き人形となにも違うところはなかったって」

マリアも、黙って座っている鞠子人形を見た。

「前は、どうやって動いたり喋ったりしてたの？」

「んー」

伝治郎は難しい顔をして考え込んだ。

「そういうオカルトなのは、やっぱりオカルト研とかホラー研とかそーゆーところに持ち込めば」

「その手の部活が岩高《うち》にないのは知ってるだろが」

「昔はオカルト研も民俗学研もあったって話なんだけどなあ。んじゃせめて郷土史とか民俗学とか、昔話に詳しそうなのは……」

祥兵は伝治郎と顔を見合わせた。

「そーいや図書室の奥には、昔の部活の同人誌とか発禁本で埋まってる閲覧禁止の開かずの間があるとか」

「選ばれた図書委員だけが閲覧可能っていう。聞いたことある」

「……今、僕が誰のこと考えてるかわかる？」

「たぶん、同じ顔だと思う」

祥兵と伝治郎は、同時に重い溜息を吐いた。不審そうな顔でマリアが訊く。

「なんなのよ、いったい」

「図書室に、鞠子さん関連の資料がある、かもしれない」

祥兵は、マリアに憂鬱そうな顔を上げた。マリアと、話を聞いていた悠美の顔がぱっと輝く。

「じゃあ、見せてもらえばいいじゃない」

「あー、駄目、たぶん駄目」

祥兵はおざなりに手を振った。

「秘密文庫だっけな、開かずの図書室だっけな、正式名称忘れたけど、図書委員のそれも一部しか入れない」

「なぜ？」

「別名、発禁図書室」

伝治郎は難しい顔で腕を組んでいる。

「ほんとに発禁された本だけじゃなくて、代々の生徒から押収されたエロ本もすんげえコレクションがあるって話なんだ」

「前に中央の大学から専門家が調べに来て、その時の出張期間じゃ足りなくて延長申請出したまま、まだ帰ってないなんて話もある」

マリアの冷凍光線のような視線に気づいて、祥兵と伝治郎ははっと顔を上げた。マリアはゆっくりと首を振った。

「わかった、わたしたちが行けばいいのね」


そして、放課後。

「嘘よ、そんな噂」

近代的なカードキーから前時代的な棒鍵までがひとまとめにされた鍵束を手に、先を歩く委員長が言った。

「閉鎖書架があって普段は閲覧出来るようになってないけど、図書委員のそれも一部しか見られないなんて嘘。それから発禁本も、押収された本のコレクションも嘘。昔っからの部活の関連資料とか、文化系の部の同人誌なんかが全部揃ってるから、卒業生の先生方が過去の悪行暴かれたくなくて適当な噂流してるだけじゃないの？」

委員長は、背の高い大きな観音扉の前で立ち止まった。

「それにしちゃまたずいぶん厳重に鍵かけてあるのね」

マリアは、目の前の大扉にがんじがらめに架けられている黒い太い鎖と、いくつもの巨大な南京錠を見ている。

「先生やOBが面白がってわざわざ厳重な鍵かけたみたい。大丈夫、全部開くから。もっとも、ここってろくに整理もされてないから、中、ごちゃごちゃよ」

委員長は、いくつもある鍵を選んで南京錠を開けた。重い鎖を抜いて床に落とし、大きな棒鍵で扉を開く。

すっかり油の切れた蝶番が、片方だけ開けた重い扉を大きく軋ませた。

中を覗き込んだ委員長は、持って来た懐中電灯を点灯した。するりと入り込んで内側のスイッチを入れる。

ばちばちといくつものスイッチを入れる音がして、天井から提げられた年代物の白熱電灯が暗かった閉鎖書架室を照らし出した。

「ごめんなさいね、光って書物にはない方がいいものだから、この部屋窓ひとつないの」

扉の中から、委員長は訪問者ふたりを招いた。

「それで、お人形さんまで連れてきて、なにを調べたいの？」

「鞠子人形の伝承」

マリアは、人形を抱いたままの悠美に振り返った。

「知ってる？　昔の、喋ったり歩いたりしてたって人形」

委員長は、分厚い瓶底眼鏡越しに注意深く悠美の腕の中におとなしく抱かれている日本人形を観察した。

「会うのは二度目だわ」

委員長は、屈み込んで悠美の腕の中の鞠子人形の顔を覗き込んだ。

「はじめまして、じゃないわね。図書室で一度見てるから。よろしく、わたしは図書部の位方昭子」

軽く一礼して、委員長は立ち上がった。

「岩大のもと弾薬庫から出てきたって聞いてるけど」

「よくご存じで」

「岩大の弾薬庫ってったら、近隣在郷の怪異のコレクションがあるって有名だもの」

「どこで有名なのよ」

呟いてから、マリアは委員長の顔を見直した。

「……そういえば委員長、小学校の時からのオカルトマニアだったっけ」

「忘れて」

委員長は背中の三つ編みを翻してくるりと背を向けた。

「で、なにを調べたいの？」

「もちろん、鞠子人形のこと」

マリアは、委員長に続いて閉鎖書架室に入った。

「岩大の弾薬庫に引き取られる前にどこでなにしてたか知らないけど、昔話の伝承に残ってるくらい有名な人形だったんでしょ？」

「新聞記事くらいにはなったらしいわね」

「知ってるの!?」

「数少ないうちの地元の怪異譚だもの。それも、昔話じゃなくて明治時代、記事も複数残ってるし、当事者の実在も確認されてる」

「そこまでわかってるの!?」

マリアが声を上げた。委員長はなにを今さらという顔で向き直って、悠美の腕の中の人形を見た。

「鞠子人形そのものがいるのに、驚くほどのこと？」

「だって、まさかそんな……」

ふと気づいたように、マリアは委員長の顔を覗き込んだ。

「ひょっとして、詳しいの？」

「みんな知ってる程度のことしか知らないわ」

委員長はマリアから目を逸らした。

「この辺りでいちばん有名な怪異譚だもの」

「教えて！」

マリアは委員長の肩を摑まえて詰め寄った。

「手詰まりなの、この子がなにか電波出して話してるところまではわかったんだけど、そこから先全っ然進めないの。なんか知ってるなら全部教えて！」

「だから、みんな知ってる程度のことしか知らないってば」

困り顔で、委員長はマリアから目を逸らす。

「えーと、あっちの方にファイルがあった、かも」

「どこ⁉」

「んーと……」

委員長は、分厚い一枚板で組まれた背の高い古い本棚が何列もの島を作る閉鎖書架室を歩き出した。

書類が束ねてまとめられているだけの紙ケースや、黒布装ハードカバー紐綴じの年代物のファイルの棚もある。革装の百科事典らしい洋書や古びた大判雑誌などを集めた棚もある。委員長は、背表紙も読まずにずんずんと本棚の奥に入っていく。マリアは本棚の内容を斜め読みしながら、悠美は鞠子人形を抱えたまま興味深げにきょろきょろしながらついてくる。

「ええと、たしかこれじゃなかったかなあ」

地元新聞である岩江新報の明治時代からの縮刷版が並べられている棚のとなりで、委員長は分厚い大きなファイルを取り出した。黒い表紙には、すっかり変色した白い札に筆文字で「鞠子人形調査報告書」とかろうじて読み取れないこともない崩し字が記されていた。

「えー……」

まさか鞠子人形の名前を記したファイルが出てくるとは思っていなかったマリアは、大きなファイルを掲げた委員長といろいろ綴じ合わせたらしいファイルを見比べた。

「ここじゃ狭いわね」

ファイルを横抱きに抱えて、委員長はマリアと悠美の横を抜けて閉鎖書架室の入り口の方向に戻るように歩き出す。

閉鎖書架室の入り口横に、閲覧用デスクが二つだけ備えられている。図書室のラウンドルームと同じ様式の、中央に革が貼られたデスクにファイルを拡げた委員長は、デスク前のトグルスイッチを弾いて読書灯を点灯した。

「うわ」

開かれたページを覗き込んだマリアが嫌そうな声を上げた。大昔の新聞のコピーがページに貼り付けられている。

「なにこれ、日本語？」

「旧字だけど漢字とカタカナよ」

デスクに立った委員長は大判のファイルのページをめくった。

「そのまんま読めばいいんだから、古文より簡単でしょ」

鞠子人形を抱えたままの悠美が、マリアの横からファイルを覗き込んだ。マリアが訊く。

「読める？」

「いいえ……」

悠美は難しい顔でコピーの文字列を追っている。

「今の文字ではありませんね」

マリアはすがるような目を委員長に向けた。委員長は両手を挙げた。

「はいはい、読めばいいの？」

「場所知ってたってことは、読んだんでしょ？」

期待満々の目で見つめられて、委員長は溜息を吐いた。マリアは続ける。

「お願い、委員長の解釈でいいから内容教えて！」

委員長は、悠美の腕の中の鞠子人形に目をやった。

「こうなるような気がしたのよねえ」

委員長は、デスクから低い背もたれの椅子を出して腰を下ろした。

「このファイルは、何年か前に岩見大学の資料室からここに来たの。調査終了にはなってないから、たぶんもっと版の新しい調査ファイルが大学の資料室にはあるはず。だから、最後の方には鞠子人形の科学的調査報告書も入ってる」

委員長は、ファイルの最後の方に大きくページをめくった。鞠子人形の精細なカラー写真と、その隣にはレントゲン写真のプリントアウトがあった。マリアは小さく声を上げた。

「おお……」

「調査報告書の最後の日付はもう10年以上前」

最終ページを確認して、委員長はファイルのページを戻した。

「もちろんそのころの鞠子人形は喋りもせず、動きもしないただの人形だった。今のところ最後の調査は、研究室に保管されてた鞠子人形の煤払い、身支度を調えるついでに行なわれたみたいね」

「古いのに小綺麗だと思ったら、手入れされてたのね」

「人形本体じゃなくて衣装についてる微細なほこりからでもなにか手がかりがないかと思って、鑑識みたいな調査が行なわれたみたいだったけど、ほこりは古い繊維や花粉、近隣の土壌と同じ土埃なんかで新発見はなし。人形そのものも、分解まではしてないけどX線撮影して、材質にも構造にも歩き回れるようなからくりや発声器官もなんにもない、普通の人形だってことが確認されてる」

「それじゃ、なんで喋って動けたの？」

「いちばん最初は、喋ったり動いたりしなかったみたい」

委員長は、古い新聞の記事のコピーがプリントされているファイルの冒頭部分をめくった。

「最初の記事は、旧家の蔵から出てきた人形が喋って、みんながその声を聞いたってことになってるけど、そのあと人形を持ち込まれた恵比寿神社の神職さんが細かく経緯を調べて、そのあとの記事はそれが元ネタになってるみたいね」

「恵比寿神社って」

マリアは、岩江市街を見下ろす小高い山の上に続く石段の先の古い神社を思い出した。

「あの恵比寿神社？」

「うちも古いから」

「ああ、委員長の実家だっけ」

「古い神社だから、憑きものとか呪いのなんとかみたいな相談も持ち込まれたりするのよ。まあだいたいは今の言葉だと精神病だったりノイローゼだったり幻覚らしいんだけど」

「なんか、夢がないわね」

「当事者にとっても持ち込まれた神社にしても厄介事でしかないもの。納得できるような理由付けて、対症療法して、もっともらしい儀式して、偽薬効果でもなんでもいいからひととおり解決したような顔して祝詞上げなきゃならないんだから」

「そんな怪しい商売みたいな」

「御利益があると思いこませれば勝ちだもの、宗教なんて」

「委員長、発言に問題が」

「それで、鞠子人形だけど」

委員長は、悠美の腕の中の日本人形を見て、ファイルのページをめくった。古い新聞からのコピーがぎっしり並んでいる。

「最初は誰にでも聞こえてた訳じゃなくて、人形の声を聞いてたのはその家の子供一人だけだったみたい」

「えー？　喋って、歩いてたんじゃないの？」

「だから、最初はそうじゃなかったらしいって話。一番最初はその家のいちばん小さな子供にしか聞こえなくて、子供の話だから、最初は大人も取り合わなかったんだけど、そのうちに年の近い子供も聞こえるって言い出して、呪いの人形か憑きものかって疑った大人が恵比寿神社の神職に相談して、悪いものじゃないようだから心配いらないって言われてほっといたら、そのうちに大人にも聞こえるようになってそのうち歩き出して」

「なにその雑な展開」

「神職があとから家の者に訊いたから、そんな経緯だったって記録が残ってるだけまだマシよ。神職の保証付きだし実際悪いこともなかったんで、座敷童みたいなものかと大人もほっといたみたいなんだけど、そのうちに子供だけじゃなくて大人にも人形の声が聞こえるようになって、次に神職が呼ばれたときには神職とも会話が成立するようになってたみたい」

「最初は子供にしか声が聞こえず、動けもせず、そのうちにみんなにも声が聞こえるようになって、動けるようになって、誰とでもコミュニケーションが取れるようになった、と」

マリアは、それまでの展開を要約した。

「で、神職さんとはどんな話したの？」

「話が出来る妖怪変化相手の普通の話よ。まず相手の正体を聞いて、ここにいる事情を聞いて、なにか希望があればそれも聞く。神職は、狐憑きの類かと思ってたらしいけど、そうじゃなかったみたい」

「狐憑きって……」

マリアは眉をひそめた。

「そんなにいっぱいあったことなの？」

「ええと……」

どうやって説明を要約するか考える間だけ、委員長の言葉が途切れた。

「憑きものって、世の中で近代医学が普通になる前はいろんなところにあったみたい。精神障害とかノイローゼとか、幻覚とか、名前が変わっただけで症状がなくなった訳じゃないわ」

「へえー」

興味深げに頷いて、マリアは訊いた。

「それで、鞠子人形は、神職にどこから来たって答えたの？」

「それも、記事が残ってる」

委員長はファイルのページをめくった。

「鞠子人形は、外の世界から来たって答えたそうよ」

「外？」

マリアは首を傾げた。

「外国？」

「当時の感覚ならそう思うでしょうね。鎖国してた時代だって日本の外に国があるのは知られてたんだから、十九世紀とはいえ明治の世の中でそれなりに見聞も広かった神職は最初はそう解釈したんだって。でも、詳しく話を聞いてみると、外の世界ってのは日本だけじゃなくて外国も含めた世界、その外側から来た、って意味だったみたい」

マリアは、首を傾げて少し考え込んだ。

「世界の外側って、つまり」

マリアは、閉鎖書架室の天井を、そのさらに上にあるはずの空に人差指を向けた。

「外、っていうこと？」

委員長は、微笑んで頷いた。

「その外の世界はどの方向にあるのか、って質問された鞠子人形が、まさしく同じ答えを返したそうよ。お屋敷の部屋の中で質問された鞠子人形は、手を挙げて天井を指したって。神職は天井裏のわけはないと思って、天の世界から来たっていうことかって訊いたら、そうだって」

「天の世界……」

マリアは、書架室の天井を見上げた。古風なガラスのフードをかぶった白熱電球が規則的に並ぶ格子天井が目に入る。校舎の構造を透かして見ることが出来れば、二階、三階、屋上の上には空が、そしてその先には宇宙空間が拡がっているはずだった。

「天の世界って、どこ？」

「残念ながらそこまではわかんなかったみたい。今みたいな天文学の知識もないし、鞠子人形はいくつかの名前を言ったみたいだけど、それは日本語じゃなくて文字でも記述できなかったって。でも、何回か日をおいて訊いて、鞠子人形が指差す先にはいっつも天の川がある、って気付いたから、たぶん天の川のどこかから来たって言いたいんじゃないかな」

「天の川……」

マリアは呟いた。

「……銀河」

応えずに、委員長はファイルのページをめくった。マリアは勢い込んで訊く。

「どこから来たのかの次は、なにをしに来たのか、訊いたの？」

「そっちの記録もちゃんと残ってる。鞠子人形は、この世界を見に来たんだって。見て、知るために飛んできて、かりそめの居場所として鞠子人形に入ったそうよ。憑きものじゃないかって判断は、そういう意味じゃ正解だったみたいね」

「この世界を……？」

天井を見上げてから、マリアは書架に振り返り、それから悠美を、そしておとなしく抱かれている鞠子人形を見た。

「人形は見た目だけ、中身は電波」

マリアは、自分に言い聞かせるように呟いた。

「人形のまま星の世界にいたわけじゃないし、人形の姿で飛んできたわけでもない。じゃあ、憑きものって、なに？」

「わたしに訊いてる？」

委員長は聞き返した。マリアは頷いた。

「昔の狐憑きとか、悪魔憑きとかって、ほんとの狐や悪魔が憑いたりしたんじゃないんでしょ。ほとんどの場合はノイローゼだったり認知障害だったりしても、いくつかはほんとになにかが憑いたりしたんじゃないの？」

「……わたしの解釈でいいの？」

重ねて、委員長が訊く。

「わたし、専門家でもないし自分で考えただけの勝手な説明だよ？」

「それで充分よ」

マリアはもう一度頷いた。

「どうせ憑きものについて科学的に正確な説明してくれる人なんていないんだから、少しはわかってる人に説明してもらった方がいいもの」

委員長は難しい顔で悠美の腕の中の鞠子人形を見た。

「正確だなんて期待しないでよ、検証しようがないんだから。憑きものって、わたしは幽霊みたいなものだと思ってる。幽霊ならそこらへんふらふら浮いてても不思議じゃないし、なんかのはずみで誰かの中に入り込んでスイッチが繋がると、他人の中で幽霊のキャラクターが再生されちゃうかもしれない。わたしは、憑きものってそんなものじゃないかって考えてるの」

マリアは、委員長の説明が終わってもすぐには口を開かなかった。鞠子人形を見て、委員長に目を戻す。

「その幽霊が、電波って可能性はある？」

「幽霊が、電波？」

さらに不思議そうな顔で、委員長は聞き返した。マリアはあわてて説明を重ねた。

「だから、自分で意志を持ってる、電源もないのに光り続ける電球みたいな電波が、ある日なんかのはずみで鞠子人形の中に入って、それ自体の意志で喋ったり動いたり、そういうことってあると思う？」

「あるわけない」

言下にそう言って、委員長は鞠子人形を見た。

「その子がここにいなければ、そう言ってるわ。幽霊が電波って、電波研がそう言いだしたの？」

「ええと、正確にはそうじゃないし、わたしの理解もそんなに正確じゃないと思うんだけど」

マリアは、観測ドームに電波研が来て、天文部の部室で鞠子人形相手に電波計測をした昨日の展開を委員長に説明した。

「人形は、昔から人形のまま、どれだけ調べたって喋ったり動いたりする仕掛けは出てこない。誰かがまるごと交換したとか改造したとかでなければ、鞠子人形はずっと人形のまんまだったんでしょ。だったら、喋ったのは鞠子人形じゃなくて、電波の方じゃないの？」

「電波が、どうやって人形を動かすの？」

聞かれて、マリアは返事に詰まった。

「それは、ええと、なんでだろう」

「それに、電波だからって喋れる訳じゃない。ただ、みんなに声が聞こえてるように錯覚させることは出来る、かもしれないけど」

「出来るの!?　どうやって!?」

「知らないわよ。ただ、電波が方向も周波数も出力も自由自在に操れるなら、目の前の壁とか机とかスピーカーになるもの共振させて声に聞こえるような音出してたのかもしれないし、なんなら電波のまんま目の前の話し相手が聞き取りやすいように鼓膜震わせたり、脳内に直接イメージ送り込んだり……」

「出来るの!?」

「……ごめん、忘れて」

委員長は気まずそうに首を振った。

「そんなことも出来る、かもしれない、っていう可能性の話でしかないもの。それも、確認した訳じゃないし、確認する方法もないし」

「目の前に鞠子人形いるし、電波がいるのも電波研が確認してるのよ！」

マリアは、委員長の肩を摑んで悠美の腕の鞠子人形に向かせた。

「何か方法ないの!?」

「あっちがその気になってくれれば、いろいろやりようはあるんじゃないかと思うけど」

委員長は鞠子人形をじっと見つめる。

「だけど、どうやればその気になってくれるのかなんてわからないし」

「その気ってどんな気にさせればいいの!?」

「前の鞠子人形は、天の世界からここを見に来た、って言ってたじゃない。この辺り見て回るだけなら、別に誰とも喋ったりする必要はないでしょ。だけど、弾薬庫の中から出てきて、いろいろ動き回ってるってことは、少なくともこの辺りには興味があるんじゃないかと思う。図書室に行ったりしたのも、この世界がどういうふうに記述されてるのか、どんなふうに観測されて記録されてるのか調べてるんだとすれば、前の鞠子人形の行動とも一致する。だから、もし喋るとすれば、わたしたちに興味があれば、そのうち喋ってくれるんじゃないかと思う」

自信がなさそうな委員長の物言いに、マリアも鞠子人形を見やった。白い顔の人形の表情は、なにも変わらない。マリアは呟いた。

「興味持たせるなんて、どうやればいいのよ」

「んーと……」

言葉を選ぶように、委員長はマリアと悠美の顔を見た。

「たぶん、もうある程度の興味は持ってる、って思う。でなければ、弾薬庫から出てきて、わざわざ学校についてきて、いろんなところ見て回ってるのに天文部の部室に戻ったりしないんじゃないかなあ。それに、興味なければすぐどっかに行けるのに、ずっと付き合ってくれてる」

委員長は、鞠子人形に目を戻した。

「少なくとも、全然興味がない、っていう状況じゃないんじゃないかな」

「でも、相手は人形だし電波よ」

マリアは眉をひそめたまま鞠子人形を見ている。

「相手が興味持ってくれてるにしても、いったいどうやってコミュニケーションとればいいんだか、前の時みたいに誰かに話しかけるのをじっと待ってるしかないの？」

「ええとね、憑きもの、っていうか憑かれる方にも向き、不向きってあるんじゃないかって考えてるんだけど」

マリアは、委員長の顔を見た。委員長は続ける。

「催眠術にもかかりやすい人やかかりにくい人がいるように、体質的に憑かれやすい人、憑かれにくい人がいるんじゃないかって思う」

「憑かれやすい人なんているの？」

「だから、前に鞠子人形が喋ったとき、最初は周り誰も気付かなくって、その家の子供だけが聞こえたでしょ。そういう人がいればいいんじゃないかしら」

「そうか、その人連れてくれば！」

ぽんっと手を叩いてから、マリアは険しい顔でデスクに拡げられたファイルに目を落とした。

「駄目よ、明治時代でしょ、生きてたって今いくつ？」

「まあ、とっくに亡くなられてるでしょうね」

委員長はファイルをめくった。

「でも、同じ家の血筋の人なら、体質的に似たようなもの受け継いでるかもしれない」

「そうか、子孫連れてくるって手があった！　鞠子人形がいた旧家って、どこなの？」

「ほら、ここに載ってる」

委員長はページを戻して、記事を指した。

「岩江町の網元である梅田家」

「網元の梅田って……」

マリアは委員長の顔を見直した。

「杏先生の家のこと？」

委員長は頷いた。

「岩江で古くから網元をしてる、梅田家」

委員長は、ファイルをめくった。新聞記事ではない、走り書きの読み取りも出来ないような手帖のメモのようなコピーが何葉も貼り付けられている。

「新聞記事じゃ正確にどこの家だったかは残ってないけど、記者の取材記録にも、神職の備忘録にもちゃんと記録されてるわ。鞠子人形が前にいたのは、杏先生の実家よ」

「えー、だいたい事情はわかった」

祥兵は、急遽作った実験卓の上のスペースに開かれた分厚いファイルから委員長に顔を上げた。

「わざわざ発禁本持ち出しての説明、ありがと」

「発禁本じゃないわよ」

委員長は眉をひそめた。

「閲覧制限、持ち出し禁止ってだけで、発禁とか閲覧禁止とかそういう扱いじゃないんだから」

「持ち出し禁止の本を持って出てよかったの？」

「だから、わたしがいっしょに天文部まで来たんでしょ」

「うわあすげえ！」

それまでの話でめくられていなかった報告書のファイルをめくった雅樹が声を上げた。

「レントゲン写真みたいのがある！　なんだこれ？」

「前の調査の時のX線写真よ」

クリアファイル入りのレントゲン写真の横のプリントアウトを斜め読みした委員長が説明した。

「ひょっとしたら分解できない構造の中身になにか特別なものでも入ってるんじゃないかって撮影してみたんだけど、ご覧の通り普通の人形と変わるものはなんにもなし。役に立たなくてごめんなさいね」

「いやあ、分解しても無駄だってわかるだけいいさあ」

ファイルを覗き込んでいた祥兵が、立ち上がった。

「んじゃ、ちょっと行ってくる」

立ち上がった祥兵を、マリアが訝しそうに見上げた。

「どこに？」

「職員室」

祥兵は浮かない顔で答えた。

「杏先生連れてこないことには、これ以上話が進まなさそうだし」

「しばらく見ない間にずいぶん増えたな」

いつもなら天文部員四人だけのはずの理科準備室に、電波研部員有志のみならず委員長まで詰まっている。杏は、開け放した入り口のドアからゆっくりと部室を見廻した。

「あ、ども、いろいろ手伝ってもらってます」

入り口近くで伝治郎と話し込んでいた祥兵が、入り口の杏に向き直った。

「まあ立ち話もなんですから、中へどうぞ」

「満員じゃないか」

立ち上がった生徒たちの間を抜けて、杏は定位置であるくたびれた事務椅子が置いてある旧式なCRTディスプレイ付きのコンピューターのデスクに着いた。椅子を廻して、それぞれ勝手な位置を占めている生徒たちに向き直る。

「で、話って何だ？」

「もちろん、鞠子人形のことです」

杏の正面に席を占めた祥兵は、ちょっと動いて実験卓の向こうに座っている悠美と、その腕の中の鞠子人形が杏に見えるようにスペースを空けた。

杏は、部室内の生徒たちと、申し訳程度に片付けられた実験卓の上に拡げられたファイルを見廻した。

「なにか、新しいことでもわかったのか？」

「はい」

祥兵は頷いた。

「鞠子人形は、昔、網元屋敷にいたそうです」

杏は大きく目を見開いて、祥兵とその向こうの鞠子人形を見直した。

「先生、会った覚え、ありますか？」

杏は祥兵を見てから、もういちど鞠子人形を見つめた。

「それでか……」

目を落とした杏は、額に拡げた指を当てた。

「え？」

「いや、こっちの話だ。岩大からついてきた日本人形を悠美が連れて屋敷に入っても、じいさまも母さまも妙に反応が淡泊だったのは、あれは蘭丸から連絡でも行ってたのかと思ってたが、そういうことか……」

「どういうことです？」

「最初に弾薬庫で人形見たときに、はじめてじゃないような気がしたんだ」

目を落としたまま、杏はゆっくりと首を振った。

「子供の頃のことだから記憶は定かじゃないが、ああ、思い出した。暗い棚とか、廊下の影とか、母屋の床の間なんかに人形があったのを覚えている」

杏は、ゆっくり顔を上げた。

「この子だとは思っていなかった。いつの間にか見なくなったんで忘れてたが、岩大に引き取られてたんだな」

「それじゃあ、鞠子人形は、杏先生を覚えてついていった、ってことでしょうか？」

杏は、質問した祥兵の顔をしげしげと見つめた。

「いや……」

杏は首を振った。

「鞠子人形は、少なくともうちにいるときはただの人形だった。昔は喋って、歩いていたなんて話を聞いたことがあったかもしれないが、すくなくともわたしはただの人形の鞠子人形しか見たことがない」

「それじゃ……」

鞠子人形に目をやって、祥兵は杏に目を戻した。

「なんで、あんなに怖がったんです？」

杏は祥兵から目を逸らした。

「鞠子人形を見て、悲鳴を上げたのは杏先生だけです」

祥兵は続けた。

「そりゃあ、いきなり視界に黒髪の日本人形が入ってくるんだからみんなびっくりしますけど、悲鳴まで上げて怖がってるのは先生だけです。昔、なんかあったんですか？」

反論しようと口を開いてから、杏は溜息を吐いた。

「なんかあった、のかもしれない。子供の頃のことだから記憶も曖昧なんだが、ひいばあさまにいろいろ昔話聞かされててな」

「おばあさんに？　昔話、ですか？」

祥兵はオウム返しに聞いた。杏はうなずいた。

「語り口がうまくて、教師になった今でも手本にしたいくらいなんだが、鞠子人形が出てくる話がどうにも真に迫って、今となってはなんでそんなふうになったのかわからないが、とにかく怖かったんだ」

「はあ」

「そう、昔、ばあさまは鞠子人形と話をしたことがある、っていっていた」

杏は遠い目をして呟いた。委員長はファイルをめくりはじめた。

「どんな話をしてたんですか!?」

祥兵が勢い込んで訊く。杏は苦笑いを浮かべた。

「いや、覚えてない。遠い、暗い話を聞いたような気もするが……」

杏は不敵な笑みを浮かべた。

「今思えば、あれはきっと曾孫怖がらせておもしろがってたに違いない」

「えー……」

祥兵は伝治郎、マリアと顔を見合わせた。ファイルをめくる手を止めた委員長が言った。

「ひいおばあさん、梅田しげ、さんですか？」

杏は懐かしそうな顔をした。

「ああ、しげばあちゃんだ。記事になってるのか？」

「最初の記事から20年以上経ってからの、回顧記事に名前だけ」

委員長は、拡げたファイルを杏に返して見せた。

「おばあさまも、直接鞠子人形の声を聞いてはいなかったそうです。鞠子人形もそのころには喋りも歩きもしない、ただの人形だったそうで、でも動いていたころの話はよく聞かされていたとか」

「しげばあちゃん、さも自分が鞠子人形の声を聞いて会話してたみたいに話してたのに、それも騙りだったのか」

溜息を吐いてから、杏は顔を上げた。

「そういうことだ。今の今まで忘れていたが、わたしは昔、鞠子人形を見たことがある。鞠子人形の話も、しげばあちゃんから聞いたことがある。わざわざ職員室から呼び出してみんなの前で聞きたいのは、そんなことじゃないんだろ？」

部室に集まっている生徒たちの顔を見廻して、祥兵に目を戻した。頷く。

「今までの調査で、鞠子人形の正体、というか人形に取り憑いているのは減衰しない電波みたいな状態のものだって、そこまでは見当付きました」

「ほお?」

杏はもっともらしい顔で頷いた。祥兵は続けた。

「ここから先は、推測と予測重ねた、まあ当てずっぽうのヤマ張りみたいなことになります。昔の新聞記事によれば、鞠子人形は最初のうち誰ともコミュニケーションできなかったけど、そのうち屋敷の女の子が声が聞こえるようになって、そのうちに屋敷の全員、そこに居合わせたものにまで話を聞かせることが出来るようになった。どういう環境でどういう条件揃えれば鞠子人形の声が聞こえるかどうかわからないんですが、それで、杏先生、お願いです」

祥兵は、真剣な面持ちで言った。

「鞠子人形の声が聞こえるかどうか、しばらく付き合ってもらえませんか?」

「なんだと?」

杏は祥兵の顔を見直し、それから天文部部室の一同の顔を見直した。全員が、杏の答えを待っている。

「なんだとー!?」

岩江高校の放送部は、古式ゆかしい設備と最新装備が同居していることで知られている。記録方式が録音から録画になり、アナログからデジタルになり、校内放送も有線によるスピーカー越しの音声のみから各教室備え付けのブラウン管テレビ経由の画像放送になり、デジタルカメラと高精度ディスプレイへと更新されても、放送部は古くはSPレコードプレイヤーからオープンリールデッキから初期の8ミリ映画カメラ、各種の家庭用ビデオテープレコーダーまで現役で維持していると噂されている。

「それで？」

天文部の観測ドーム同様に現在は使われていないはずだが手入れも掃除も行き届いている録音スタジオ、通称金魚鉢のガラスの内側で、旧式な大型マイクとスロットル・レバーのようなカフが設置されているテーブルに着いた杏が、じろりとミキサールームを睨み付ける。

「なんでこんなところに鞠子人形と二人っきりで閉じ込められなきゃならんのだ？」

金魚鉢の中の杏先生に説明しようとして口を開いた祥兵は、放送部のスタッフに小突かれてトークボタンを押し直した。

「その録音スタジオの中が、うちの学校で一番静かだからです。今回放送部の協力も取り付けて、杏先生が鞠子人形といっしょにいる時の音声記録は細大洩らさず計測してもらうことになってます」

「音声記録？」

杏は、マイクを挟んだテーブルの向こう側の椅子のあり合わせのクッションでかさ上げされた座面に座る鞠子人形を見て、金魚鉢のガラス窓の向こうに目を戻した。

「鞠子人形の中に入ってるのは音波じゃなくて電波じゃなかったのか？」

「そうです。だから、電波研にはこの放送室を中心とした学校の四方にアンテナ設置して、計測準備してもらってます。ただまあ、鞠子人形の周波数がどこまで変化するかまだ読み切れてないのと、昔の記録に鞠子人形の声が聞こえたってあるんで、ひょっとしたら意味のある音声信号が録れるかも知れないと思いまして」

杏は、胡散臭そうな顔でテーブルの向こうの鞠子人形を見た。

「だいたいわかった。で、何をすればいい？」

「鞠子人形に話しかけて下さい」

祥兵は言った。

「レコーダーはもう回ってます。音声記録と、それから電波の記録も開始してます。なんか反応があれば、こちらから伝えます」

「現状ではなにもなしなのか？」

祥兵は、ミキサールームで電波研部員たちの顔を見廻した。

「今のところ、意味がありそうな信号は出てません。あと、これは予測なんですが、実験中に画期的な結果もでてこないと思います」

「……なんだと？」

「今回の実験は、杏先生が人形に話しかける音声記録と、それから飛び回ってる電波の計測データをどれだけ取れるかどうかって勝負です。データさえ取れれば、あとからゆっくり時間をかけて分析出来るんですが、とにかく今は鞠子人形に話しかけようにもどの周波数でどんなパターンで話しかければいいのか、返事されてもそれが耳で聞こえるのかそれともなんか別のアンテナ用意するのか、どの辺りのバンドで待ってればいいのかすらもわからない状況です。だから、今は出来るだけのこととしてデータ録るしかないんです」

「よくわからんが」

杏は、天文台や大学の研究所でこんな実験が可能かどうか考えてみた。根拠も確信もなしに場当たり的なことをやってみるのでは、おそらく実験とも言えまい。

「わかった、やってみよう」

しかし、岩江高校の天文部や電波研の立場なら、なんでも出来る。杏は、スタジオのテーブルの向こうにちょこんと腰掛けてまっすぐこっちを見ている鞠子人形と見合った。

「話しかければいいんだな。内容に関してなにか指示は？」

「特にはありません。出来れば鞠子人形が答えやすいような話がいいと思うんですが、それもよくわかってない状況なので、先生に任せます」

「わかった」

杏は、ちらりとスタジオの外のミキサールームに目を走らせた。

「はじめていいのか？」

「はじめてください」

頷いてから、気付いたように祥兵は片手を差し上げた。

「3、2、1、キュー」

ディレクターよろしく手を振って合図を送る。苦笑いにも似た溜息を付いて、杏は鞠子人形と向き合った。

「まあ、そういうことだから、しばらく付き合うか。調子はどうですか、鞠子さん？」

鞠子人形の反応はない。スタジオの外の生徒たちが集中しているのを感じながら、杏は続けた。

「鞠子さんがここにいるのかいないのか、こっちの声が聞こえているのかいないのかどうかもわからないけど、続けましょう。こんにちわ、鞠子さん。久しぶり、なのかしら。それとも、あなたはずっと見ていたのかしら」


「どうだ？」

祥兵は、ミキサー卓には機材を置けないので横のテーブルにディスプレイやらパッドやら並べてトランシーバーを握っている伝治郎の背に訊いた。

「なんか変化は？」

「ある、ような、ない、ような」

伝治郎は、一番大きなノート型コンピューターのディスプレイにいくつも表示されている波形から目を離さない。

「捕まえようとしてる相手は、たぶん出力も周波数も自分で勝手に変えられるような電波だ。たぶん、向こうにその気がなければ、こっちの機材でキャッチ出来るかどうか」

「向こうにその気があれば、なんとかなるのか？」

「そりゃまあ、少しはやりやすくなるんじゃないかなあ、こっちのアンテナやラジオがあっちのお気に召すものかどうかわからないけど」

「先生、聞こえますか？」

祥兵は、カフを押し上げてスタジオの中の杏のヘッドフォンに語りかけた。

「鞠子さんに、こっちのアンテナを通り過ぎるように伝えてもらえますか？」

「なんだと？」

金魚鉢の向こうの杏が、ミキサールームに向いた。祥兵は説明を続けた。

「電波研は、校庭の四隅に出来るだけ離れてループアンテナ上げてます。あと、スタジオの中のアンテナも観測機材に繋がってます。鞠子さんに、もし可能ならそのアンテナの中を通りすぎてみるように言ってもらえませんか？」

溜息を吐いて、杏は鞠子人形に向き直った。

「まだそこにいる、ってことは、少しは興味持ってもらえてるのかしら」

祥兵の言葉を、どう伝えれば鞠子人形に理解してもらえるか考えながら、言葉を継ぐ。

「あなたと話すために、この学校の敷地の四方に丸いアンテナが立っています。そこにあるアンテナと形は同じだけど、もっと大きいのが、外に四つ」

杏は、スタジオの中に仰々しいスタンドで立てられているアンテナを指してみせた。

「このアンテナ、通れる？」

自身が電磁波だったら、アンテナを通るというのはどんな感覚になるのか想像しながら、杏は続けた。

「スタジオの中のアンテナじゃなくてもいい。この学校の敷地の四方に、同じような丸い形のアンテナがある。もし出来るなら、そこを狙って通ってみてくれないだろうか」

理科教師として、杏も電磁波に関する最低限の知識は持っている。アンテナに捉えられた電波は、そのパターンだけが回路内に増幅されて音声や画像に復号されるだけで、アンテナを通り過ぎても消えるわけではない。

「出来れば、でいい」

杏は、じっと鞠子人形を見つめて、言った。

「あなたが、我々の信号をどれだけ理解しているかわからないから、こっちの信号に合わせることは考えなくていい。まずは、アンテナを通り過ぎてみてくれないだろうか。もし、あなたをアンテナで捉えることが出来たら、わたしたちは、あなたと話が出来るかもしれない」

　杏は、ちらりとガラス越しのミキサールームに目を走らせた。祥兵をはじめとする天文部員はスタジオの中に注目しており、電波研の部員は担当のディスプレイをモニターしながら情報交換に余念がない。

「わたしたちは、あなたと話がしたい」

　杏は、鞠子人形に目を戻した。人形はまだ杏の目の前から動いていない。少なくとも、こっちの話を聞く気があるようには感じられる。

「もし、あなたにその気があるのなら、そして、出来るなら、アンテナ触ってみてくれるかしら。そんなに強くなくていいの、あなたならまるごと電子回路の中に入って動き回ることも出来るかもしれないけれど、この星の機械はもっと微妙で弱い信号を受け取るように出来ている。だから、最初っからアンテナに体当たりするんじゃなくて、ちょっと触ってみる、くらいでお願いします。……出来るかしら」

　鞠子人形を見たまま、しばらく待つ。鞠子人形は杏の正面に座ったまま、ふと様子がおかしいような気がして、杏はミキサールームに顔を上げた。

　大騒ぎになっていた。

第四日

「だから、なんでこんな大事になるのよ」

杏は、岩高職員用駐車場の一画に駐めた自分の軽ワンボックスの前で、仏頂面で腕を組んでいた。

「君の生徒たちの功績だろ？」

今日は幌をかけて屋根付きのぼろけた四輪駆動車の運転席から、間瀬は楽しそうな顔で降りてきた。

「この校内で、電波研のアンテナに囲まれて鞠子人形とのコンタクトを試みたそうじゃないか。よく付き合ったな」

「教師として逃げ出すわけに行かないでしょ」

「トラウマでもあるみたいに鞠子人形を怖がってたからさ。報告書見て気付いたが、鞠子人形は君の家から出て来たんだな」

白衣のポケットに折り畳んで突っ込んであったプリントアウトを取り出した間瀬は、その表紙を杏に示した。杏は胡散臭そうな目を間瀬に向ける。

「知ってたんじゃないの？」

「忘れてた。僕は弾薬倉庫の管理人じゃない。たまに覗きに行くくらいで、どこに何があってそれが何なのか全部知ってるわけじゃないんだ」

「報告書、ね」

それがまさに自分が提出したものであることを思って、杏は溜息を吐いた。事実関係の著述は最低限に留めたつもりだし提出先は司令部だったが、それがその日のうちに岩大の間瀬研究室にまで共有されたのは想定外だった。

「報告書だけじゃないさ。生徒たちが天文台のデータベースにアタックかけてるのを見て、害がない限り見守るよう依頼したのも君だ。結果なにか成果が出そうだっていうのなら、そりゃあみんな協力してくれるさ」

「こんなに勢いよく協力してくれなくたっていいじゃない。岩大も、天文台も、暇なの？」

「暇じゃないさ」

にやにや笑いのまま、間瀬はプリントアウトを白衣のポケットに戻した。

「だが、幸いなことに戦闘中じゃない。差し迫った危機や脅威があるわけでもないし、やらなきゃならない仕事を放り出してるわけでもない。君の報告書が、通常業務を差し置いてでも遂行すべき優先順位があると判断されたんだ。光栄に思っていいんじゃないか？」

「面白がってるだけでしょ」

むくれた顔のまま、杏は腕時計の時間を確認した。

「それに、岩大と天文台が総力上げて全面協力って訳でもない。大学から来たのは僕だけだし、借りるのは天文台の電波暗室だけだ。佐伯さんや関係スタッフには協力を頼んでるが、それも通常業務のついでに観測ポイントを増やす程度のことで、そんなにワーク・ロードを上げてるわけじゃない」

「やっぱり暇なんだ」

杏は間瀬を睨み付けた。

「少なくともセンパイは」

六時間目の終了を告げるチャイムが、校内放送のスピーカーから鳴り渡った。

「お、終業か」

白衣の左袖をめくって現在時刻を確認した間瀬が、四輪駆動車の運転席に戻った。

「じゃあ、そろそろ君の生徒たちも出てくるな」

「ええ、張り切って準備してたから、もうすぐ」

軽ワンボックスの後ろに回った杏は、リヤゲートを開け放った。

「今回の移動は、大荷物みたいよ」

「そのようだね」

職員用玄関から、大きなダンボールやら束にしたアンテナやらを抱えた一団が溢れ出てきた。

「君んところの天文部員と、あと電波研有志何人かと、それから装備がいろいろって聞いてる」

「そうよ。荷物が多いから迎えに来てもらったの。屋根の上にも載せなきゃならないかしら」

「大丈夫」

間瀬は白衣の袖をめくって左手首の腕時計を改めて確認した。

「援軍を頼んでおいた。もうすぐ到着する」

間瀬は腕時計から顔を上げた。

「ほら来た」

職員用駐車場に、蓑山天文観測所のロゴを書き付けられたマイクロバスが入ってきた。

運転席でこちらに手を振った顔を見て、杏は仰天した。

「佐伯さん!?」

岩江高校天文部員と電波研部員は、杏の軽ワンボックス、間瀬の四輪駆動車、蓑山天文観測所差し回しのマイクロバスに装備を積み込んで出発した。

鞠子人形は杏運転のワンボックスの助手席で悠美が抱えている。

「消えないか」

祥兵は、後席から助手席の鞠子人形を覗き込んでシートに戻った。

「今のところは、ね」

となりのマリアが応えた。

「鞠子さんの気分次第じゃ、抱えられていてもいつの間にか消えてるかも知れないけど」

「少なくとも付き合ってくれてるってことだろう」

祥兵は、蓑山に登る山岳道路に入ったワンボックスの車窓風景に目をやった。

「鞠子さんも、こっちと話したい……の、かな」

蓑山天文観測所所有のマイクロバスは、訪問客向け駐車場には入らずにそのまま天文台構内に入っていった。杏のワンボックスも、間瀬運転の四輪駆動車も後についていく。

マイクロバスは、工場棟の正面玄関前に停車した。座席を半分以上占領してかさばるアンテナや観測機器を運んできた電波研部員たちが、荷物をおろし始める。

「手伝うか？」

ワンボックスから降りた祥兵が、伝治郎に声をかけた。

「いや、部外者に触って欲しくないデリケートなのがいっぱいあるからいい。先に行って準備しててくれ」

「準備つったって、鞠子さんがどっか行っちゃわないように見張ってるしかないし、行っちゃったらどうしようもないけどね」

祥兵は、最後にマイクロバスから降りてきた佐伯に声をかけた。

「で、今回はどこを貸してもらえるんでしょう？」

「電波暗室を午後いっぱい確保した」

携帯端末でどこかと連絡を取っていた佐伯は、腕時計で時間を確認した。祥兵は目を剝いた。

「電波暗室って、あんな体育館みたいなでっかいとこですか!?」

「スペースは広いほどいいって話だったからな。ただし、うちの観測用ディッシュが調整のために入ってる。他にもいろいろ置きっぱなしの機械があるが、触らんように。電波研にも伝えてあるが、今日中にきっちり全部片付けて引き揚げてもらうのが条件だ」

「わかってます」

祥兵は、電波研の面々が大きなダンボール箱や荷締めベルトでまとめられたスタンドの束、コードリールなどをマイクロバスや問瀬の四駆の後から運び出す様子を見た。

「じゃ、先に電波暗室に行ってます」

電波暗室は、工場棟の中でもクリーン・ルーム相当の清浄度を求められる区画の中にある。

「鞠子さんはどうすればいいですか？」

マリアが、佐伯に聞いた。佐伯は、困ったような顔で悠美の腕に抱かれている鞠子人形を見た。

「さすがにそのサイズに合う防塵服はないからなあ。それに、あり合わせのポリ袋かなにかでカバーしたところで、彼女自身が計測対象となると余計な夾雑物は出来るだけ排除したいところだろう」

長身の佐伯は、ちょいと腰を屈めて人形を覗き込んだ。長い切り下げ髪に縁取られた白面だけでなく、紺に藤柄の大島紬の着物までゆっくり見廻す。

「鞠子さん、これから入るところは技術的な問題で出来るだけチリ、ホコリを入れたくない、クリーン・ルームと呼ばれる環境だ。見ての通り、これから入るスタッフは誰でも着替えてもらわなきゃならない」

すでに祥兵と雅樹は前に来たときと同様に、防塵白衣と帽子、スリッパカバーという白ずくめの衣装を着込んでいる。

「だが、残念ながら、君に合うサイズの防塵服は用意してない。だから、クリーン・ルームに入る前に、エアシャワーという風で出来る限りのチリ、ホコリを吹き飛ばしてくれ」

佐伯は改めて鞠子人形に向けて説明をした上で、更衣室の奥にあるエアシャワーに続くドアに大袈裟に腕を挙げた。

「協力願えるものと信じている。蓑山天文観測所へようこそ」

一礼してから、佐伯はマリアと悠美の顔を見廻した。

「ということで、いいかな？」

「大丈夫だと思います」

悠美も佐伯に一礼した。

「わかりました、鞠子さんには念入り目にエアシャワー浴びてもらって、出来るだけきれいにしてから中に入ってもらうことにします」


ちょっとした体育館ほどもある電波暗室の一画には、真っ黒なカバーを掛けられた大型のパラボラアンテナが架台ごと据えられていた。

「すまんな、整備のスケジュールとスペースの都合で、この観測用ディッシュだけは外に出せなかった。いちおう電波吸収幕で覆ってあるから大した反射はしないと思うが」

佐伯の説明を聞いた伝治郎は頷いた。

「大丈夫です、どーせうちの機材じゃそこまでの感度は出ません。観測始めて、あんまりノイズが大きいようならなんとかしてもらうかもしれませんが」

「そうしてくれ」

佐伯は、高さも種類もさまざまなアンテナがあちこちに配置された電波暗室の中を見廻した。

「で、これはどういうことなのかね？」

大型の八木アンテナ、受信素子までそのまんまな衛星放送受信用パラボラアンテナから、銀色のクロームメッキを輝かせるロッドアンテナ、トランシーバー用らしいバーアンテナ、AM放送受信用のループアンテナなど、電波研の部室だけでなく部員の私物まで淩ってきたような種類のアンテナが、高さも低さもばらばらなスタンドで電波暗室のあちこちに配置されている。

「ええと、これはつまり、電子式のこっくりさんです」

祥兵が説明した。

「こっくりさん？　なんだ？」

佐伯はさらにに妙な顔をした。

「知りませんか？　いや僕も現物は見たことないんですが、ユーレイ任せの和文タイプみたいなもんで、五十音を書いたシートや板の上にコインや小物置いて、何人かで指を添えると勝手に動いてこの世ならざるもののメッセージを伝えてくれるという」

「なによそれ」

「海外の怪奇ものの映画で見たことはある」

後ろで話を聞いていた間瀬が腕を組んだ。横の杏が首を傾げる。

「海外にもこっくりさんってあるの？」

「いやまー原理が似てるってだけでさすがに狐狸の名前じゃないが、テーブルターニングだっけな、で、それをどうするんだ？」

「ええと、杏先生が上げてくれたレポートは皆さん読んだんですよね？」

祥兵は、この場では部外者になる佐伯と間瀬の顔を見廻した。

「まず、鞠子さんの正体は、自分で勝手に飛び回れる電波みたいなものだと、そこまでは解ってます。この理解もたぶん正確じゃないんですが、とりあえずそうだってことにしないとその先に行けないので、そういうことにして話を進めます」

「うむ」

佐伯が先を促す。祥兵は続けた。

「うちの学校放送のスタジオを使った観測実験で、杏先生に鞠子人形に話しかけてもらって、その状況を学校の周囲に配置したアンテナで計測してみました。ご存知の通りばっちり反応が出たんですが、そのあと、いろいろ試してみて、アンテナ四本の受信にどうやら電波の速度のぶんだけタイムラグが出てることがわかったんです」

「電波ってのは光速で飛んでるんだろ？」

間瀬が片手を挙げた。

「岩江高校くらいのスケールで、よくそんな光行差が検出出来たな？」

「電波研の計測機器には、ここで使えなくなった旧式機器なんかもありますんで」

ひととおりのアンテナの設置を確認した伝治郎が戻ってきた。

「旧式とはいえセシウム原子時計と連動してマイクロ秒どころかナノ秒まで計れるデータレコーダーなんてなんに使うんだと思ってましたが、はじめて役に立ちましたよ」

「説明を続けてくれ」

佐伯が言った。

「それで、何がわかった？」

「東西南北に四本のアンテナを立ててたんですが、鞠子さんは、例えば東から西に、南から北に、好きなようにアンテナを狙って飛べることがわかりました」

祥兵は、無塵服のポケットからプリントアウトの束を取り出した。

「こっちの指示通りに飛んでるのか、こっちの言うことを理解してるのかってのはもちろん確実じゃないんですが、少なくとも、こっちが頼んだ通りの結果が出てます」

「ほお？」

「で、ここからが凄いんですが、鞆子さんは、何百メートルか離れてるとはいえ同じ敷地内に設置した特定のアンテナだけを狙って受信させることが出来るんです」

「なんだと？」

佐伯は、祥兵から受け取ったプリントアウトをぱらぱらとめくった。

「そんなに指向性が強いのか？」

口にしてから、佐伯はちょっと考えて言い直した。

「そこまで集束率が高いのか？」

「報告通りなら、指向性どころかレーザーみたいな電波ですね」

間瀬が、佐伯がめくり終えたプリントアウトを受け取る。

「どうやら、電波の鞆子さんは、特定のアンテナだけを狙って飛び回れる事は解りました。つまり、電波といいつつかなり小さい範囲を狙って照射出来るってことです。であれば、五十音なりアルファベットなりの文字を表にして、狙ったところに当ててもらえば、表現したい文字を特定できる。連続して文字を射ってもらえば、単語や文章を作って、それこそコミュニケーションすることも出来るんじゃないかと」

間瀬は、佐伯と顔を見合わせた。間瀬は、祥兵に目を戻した。

「そのためには、相手がこっちと同じ言語を、この場合は日本語を理解してる必要があるが、その辺りは大丈夫なのか？」

「大丈夫です、たぶん」

祥兵は自信無さそうに鞠子人形に目をやった。佐伯が興味深げに質問を重ねる。

「その根拠は？」

「今までのところ、僕たちは鞠子さんに日本語でしか話しかけていません。鞠子人形がいるのも日本語環境です。鞠子さんの母国語が日本語じゃないのはたぶん確実ですが、僕たちはそれがどんなものなのか想像すら出来ません。今までのところ、日本語で話しかけて、それで理解を拒絶されてるような感触がない以上、今のまんま相手の語学力に期待する以外の選択肢はないいんじゃないかと」

「楽観的なんだか馬鹿なんだかよくわからんが、まあいい」

佐伯は頷いた。

「こっちがその方針を否定できるだけの根拠を持ち合わせていないのも事実だ」

「それで、アンテナ全部にひらがなが一文字ずつぶら下げてあるのか」

間瀬は、電波暗室の中に設置されたアンテナ群を見廻した。

「鞠子人形は、ひらがななら読めるのか？」

「たぶん」

祥兵は自信無さそうに頷いた。

「鞠子さんは図書室に行ってますし、おそらくそこらへん飛び回ってるテレビやラジオの放送やデータ通信も感知してるでしょう。なにより、どうやってかわかりませんが、本を読めるってことは光でものを見てると希望的推測できます」

「アンテナの文字カードは、鞠子人形に読ませるためのものか？」

「ああ、それも期待してますけどそれだけじゃありません」

伝治郎が手を振った。

「アンテナに字が提げてあるのは、あれはこっちの配線の都合です。文字ひとつにアンテナひとつ割り振ってるんで、あれがないと配線できません」

「それじゃあ、鞠子人形はそれぞれのアンテナがどの五十音に割り振られているのか、どうやって判断してるんだ？」

佐伯の質問に、祥兵は答えた。

「鞠子さんは、アンテナを狙って受信させるだけじゃなくて、その先の回路の仕組みはどうか知りませんが目的や動作は理解してるんじゃないかと考えてます。それから、本や電子記録を閲覧してるってことは、どこまで覚えてるかわかりませんが文字やその内容も記憶してるんじゃないかと考えてます」

「立派に知性体だな」

佐伯が唸った。

「電磁波が、そこまでの処理を行っているというのか？」

「ええと……」

面白そうな顔で話を聞いている間瀬の顔をちらっと見て、祥兵は申し訳なさそうに頷いた。

「たぶん、鞠子さんが電磁波なのは、今のところ我々が彼女を検出する手段がそれしかないからそう見えてるだけ、なんじゃないかなーと思ってます」

「どういうことだ？」

「例えば、彼女の本体は人間や現代科学じゃ感知できない別次元とか亜空間とかにいて、そこから電磁波だけがこっちと繋がってるんじゃないかとか、いやまあ想像してるだけでどこまで正しいか間違ってるかもわからないし、でももしこっちが望むような形で鞠子さんと話出来ればそんなことも聞けるかもしれないし」

「面白いじゃないですか、佐伯部長」

間瀬が佐伯に向いた。

「精神生命体とか、幽霊とか、いままでにそんな存在じゃないかと推測されるようなものが現われたことがなかった訳じゃない。しかし、電磁波観測に対してこれだけ協力的な相手ははじめてだ。存在するかどうかも確定してない相手とコンタクト出来たとなれば、こりゃあ大成果ですよ」

「それはその通りだが」

佐伯は、祥兵に目を戻した。

「それで、こちらが鞠子人形の言っていることを聞けたとして、今度はそれをどうやって相手に伝えるのかね？」

「そりゃあもちろん」

祥兵、伝治郎及び電波暗室内にアンテナの設置を終えた電波研部員の視線が、佐伯と間瀬のうしろの杏に集まった。

祥兵は言った。

「杏先生に、口頭で伝えてもらいます」


大小さまざま、ポジションも向きも出来るだけばらばらに何種類ものアンテナが設置された電波暗室の真ん中に、電波吸収物質で形成された50センチ角の黒い立方体が一つ、椅子と台代わりに設置された。

片方に鞠子人形を置き、向かい合って杏が座る。

「んじゃ、よろしくお願いします」

祥兵が、杏に耳架け式の小さなイヤホンマイクを渡した。細いコードが長く繋がれている。

「出来るだけ余分な電波飛ばしたくないんで、有線接続です」

「わかった」

杏は受け取ったマイクを手慣れた様子で右耳に装着した。

「これでいいか？」

『聞こえますか？』

イヤホンの中から、伝治郎の声が聞こえた。

『音量、これで大丈夫ですか？』

「大丈夫だ」

『んじゃ、セッティングこれでいきます。準備完了したんで、出てくるように祥兵に言って下さい』

「準備完了したから出てこい、だと」

「わかりました。んじゃあとよろしくお願いします」

祥兵は、電波暗室の中に残っていた部員たちに両手をメガホンにして叫んだ。

「総員退避ー！　実験中は電波暗室の中は杏先生と鞠子さんだけにするから、総員退避ー!!」

配置されたアンテナを最終点検した電波研部員と、いろいろ手伝っていた雅樹、マリアが電波暗室から出て行く。見廻して、祥兵は悠美が鞠子人形のそばから離れないのに気付いた。

「どした？」

「あの」

ちょっとの間だけ迷ってから、悠美は顔を上げた。

「いっしょにいていいですか？」

祥兵は、悠美と彼女が座らせた鞠子人形を見比べて杏先生だけでなく悠美がいっしょに電波暗室に残った場合の利点と欠点を考えてみた。

「いいんじゃないかな、たぶん。ちょっと待ってて」

祥兵は、悠美にそこにいるように指示して電波暗室から出た。

「予定変更、もう一人、転校生が残る」

「あいよ」

コンピューターのキーボードを叩きながら伝治郎が答えた。

「予備のヘッドセット、有線でもうひとつあるか？」

「マイクなしでよければ、そこにひとつ」

「借りてくぜ」

祥兵は、ヘッドフォンのコードを延ばしながら電波暗室に戻って、悠美に手渡した。

「耳に着けて。伝治郎、もういちどマイクテスト！」

大きすぎるヘッドホンを両耳に当たるように押さえた悠美が、祥兵に目顔で頷いた。

「んじゃ、先生は正面から、悠美ちゃんは横から鞠子さん見ててください」

杏に一礼して、祥兵は電波暗室から出た。杏と悠美は、電波暗室の中に鞠子人形を見守るように残される。

『ども、聞こえます？』

イヤホンから聞こえてくる声が、伝治郎から祥兵に替わった。杏は努めて事務的に応えながら、同じ声を聞いているはずの悠美を見た。

「ああ、聞こえている」

『ご存知とは思いますが、中の様子はカメラとマイクとあとセンサーいろいろでモニターしてます。電波暗室の構造上こっちの様子はそっちから見えませんが、そっちの様子はばっちり見えてますんでご心配なく』

「誰も心配なんかしてないわ」

『それじゃ、手筈通り実験開始します。まずは、もう一度鞠子人形にアンテナの配置とアンテナひとつひとつが文字ひとつに対応していることを説明してから、好きなアンテナを弾いてみるように言って下さい』

「わかった。……わたしがやるんでいいのか？」

『あー、いいです。客観的な説明なら先生の方がうまいはずだから』

「わかった。ではじめる」

マイクに答えて、杏は正面に座る鞠子人形と正対した。

「見ての通りだ」

果たして日本人形は自分たち人間と同じニュアンスでものを見ているのかどうか考えながら、杏は説明をはじめた。

「我々が使う言葉の音を、一文字ずつ書いてそれぞれのアンテナに提げてある。日本語の表音文字、ひらがな五十音だ」

部室や図書室の本を閲覧したといいつつ、鞠子人形がどこまで日本語を理解しているのかどうかはわからない。同じように説明を聞いてアンテナの文字を見ている悠美を横目に見ながら、杏は続けた。

「濁音とか半濁音とかはとりあえず無視して、足りないところはこちらで補って理解するようにする。そこにいてくれるということは、付き合ってくれる気があるということだろうが、もしこちらの言うことが理解出来るなら、はいとアンテナを弾いてみてくれ」

杏は、あいうえおの順に並んでいるはずのアンテナのはの字を探した。

「いや、はの字だけでいい。はいのかわりに、はのアンテナを弾いてみてくれ」

目の前の人形は何も言わない。杏は、ヘッドホン越しに訊いてみた。

「反応はあるか？」

『まだ、極小レベルのたぶんノイズだろうってのしか出てきてないです』

電波暗室の外から、祥兵が答えた。

『鞠子さん、まだ目の前にいますか？』

「ああ、動いてない」

「いいですか？」

悠美が動き出した。鞠子人形から離れて、アンテナのひとつに近付く。

杏は、鞠子人形から目を離さないように注意しながら状況を報告した。

「悠美が見えているか？　これから、はの字のアンテナに近付く」

悠美は、ゆっくり歩いてはの字が書かれた大きなカードが下げられている太いバーアンテナの前に立った。

『人が動いてるんで、アンテナ感度がちょぃと変動してますが、大丈夫です、悠美ちゃんに続けるように言って下さい』

ヘッドホンから祥兵の声が聞こえた。杏は、アンテナの前で止まって指示待ちをしているようにこちらを見ている悠美に手を挙げた。

「鞠子人形に、説明してみてくれ」

「聞こえる、鞠子さん？」

杏に向かって座ったままの鞠子人形の横顔に、悠美は話しかけた。

「これが、はのアンテナです。これがはの字のアンテナだってわかれば、このアンテナだけに触ってみて」

『まじったかなー』

杏に向けたのではないらしい祥兵の声が聞こえた。

『こっくりさんでも外国のこの手のボードでも、五十音やアルファベットと別にはいといいえだけの場所って作ってあったような気がするぜ。そういうのも作った方がよかったかなー』

『チャンネルもまだ余ってるし、アンテナも予備があるから、今から作ったって大した手間にはならないけど、来たあ!!』

すぐそばにいるらしい伝治郎の声が聞こえた。すぐに祥兵の声が重なる。

『反応ありました、はの字！　一回だけ、短時間ですが間違いない。次は、一秒おきに三回、同じはの字のアンテナを叩くように言って下さい！』

悠美は、鞠子人形を見たまま電波吸収物質の横に戻った。

「ありがとう、アンテナで電波をキャッチ出来たようだ。次は、同じアンテナを三回叩いてみてくれ。これくらいのテンポで、三回」

ぽん、ぽん、ぽんと三回手を打ってみせる。鞠子人形を見つめたまま、杏は電波暗室の外からの声を待った。

『来ました』

　感嘆するように、祥兵が言った。

『はの字に三回、反応ありました。先生、鞠子人形とコンタクト成功しましたよ』

「よかったな」

　口許をほころばせかけて、杏は短く首を振った。

「だが、まだはじめたばっかりだ。次は、何を訊く？」

『名前を』

　祥兵は、あらかじめ用意してある質問項目のリストの次に移動した。

『相手の名前を訊いてください』

「わかった」

　杏は、鞠子人形を見直した。

「君の名前を教えてくれ」

　ヘッドホン越しに、部員たちの嘆息が聞こえた。

「どうした？」

『まりここ、って反応来ました』

　祥兵が応えた。

『たぶん、最後の一回はまだ相手がアンテナの配置に慣れてないから間違えて二回弾いた、みたいな感じじゃないかと思います。まりこでいいのかどうか、もう一度訊いてみてください』

「まりこ、でいいのか？」

　また、ヘッドホン越しにおーっという歓声が聞こえた。

『は、い、だそうです。えーと、こっちの予想より理解が早いかも、肯定の場合けはい、否定の場合はいいえ、と弾くように鞠子さんに伝えて、それぞれもう一回ずつアンテナ弾くように伝えてください』

　電波暗室に配置されたアンテナは、それぞれ五十音ひとつずつに対応している。祥兵が電波研の協力を得て作ったプログラムは、五十音に対応したアンテナの反応をそのままひらがなでディスプレイ上に映し出す簡単なものだった。

　上から順に、は、ははは、まりこ、はいと四行だけしか表示されていなかったひらがなだけの文面は、三秒以上の入力がなければ行替えするようになっている。その下に、はい、いいえの文字が練習するように何度か繰り返される。

　杏に指示して、鞠子に五十音に対応する46本のアンテナを一本ずつ弾いてもらい、その作動と鞠子の理解を確認する。ディスプレイ上に46音のすべてのひらがなが表示され、アンテナの接続と正常作動が確認された。

「準備完了です」

祥兵は、背後で見守っていた佐伯と間瀬に向き直った。

「というか、最低限、鞠子さんとコミュニケーションする準備が完了しました。これからいろいろ訊こうと思いますが、いいですか？」

「君たちのお膳立てだ」

間瀬は、次の入力を待ってカーソルが点滅するひらがな表示のディスプレイを覗き込んだ。

「ここまでやったんだ、好きに進めてみなさい。なんかまずいことがあったらフォローしてやるし、助言が必要ならいくらでもしてやる」

「まず、鞠子さんの正体を訊きます」

祥兵は、杏に繋がっているヘッドセットのマイクの場所を直した。

「杏先生、それじゃあ、鞠子さんにいろいろ質問してみます。鞠子さん、まだ目の前にいますか？」

『ああ、いる』

何重にも隔てられた電波暗室の中から、杏は答えた。

『目の前にいるのに、そちらと連絡を取らないと会話も成立しないのはなんとももどかしいな』

「そうですね」

　祥兵は、伝治郎の前のディスプレイから目を離さない。

「次は、こっちが見てるのと同じディスプレイをそっちにも置くようにしましょう。鞠子さんが慣れてくれれば、いちいち電波暗室でなくてもコミュニケーションとれるようになるかな？」

『そうしてくれ。次は、なにを訊きたい？』

「鞠子さんの正体を訊いてみてください」

　鞠子の日本語の理解がどこまで及んでいるか分からない。果たしてこちらが望むような、あるいは理解可能な返答が来るかどうか考えながら、祥兵は続けた。

「どこから来たのかとか、なにしに来たのかとかいろいろ訊いてみたいことはありますが、まずは、鞠子さんがなにものなのか訊いてみて下さい」

『簡単に言うな』

　杏は苦笑いしたようだった。

『どんな言葉遣いならこちらの意図を正確に相手に伝えられるのかわからんぞ。まあいい、行ってみよう。鞠子さん、あなたはなにものなのだ？　説明してもらえるか？』

　観測室にいる全員の目が、単調なカーソルの点滅を繰り返すコンピューターのディスプレイに集中した。

『答えは？』

杏が訊く。祥兵は答えた。

「まだです」

『そうか』

少し待ってから、杏は訊いた。

『もう一度、訊いてみるか？』

「んー……」

どうしたものか祥兵が考えているうちに、カーソルは文字を流し出した。

「いや、来ました。まりこわたんさき」

『なに？』

「ま、り、こ、わ、た、ん、さ、き」

祥兵はゆっくりとディスプレイ上に表示されたひらがなを読み上げた。

「た、ん、さ、き、だそうです。なにかな」

『次の時は変換機能も追加してくれ』

一息おいて、杏の声が続く。

『鞠子は、たんさき。それでいいか？』

こんどの返事は早かった。

「はい、だそうです。たんさき……探査機？」

『たんさきとはなんだ？　説明できるか？』

祥兵の指示より早く、杏が質問した。

ディスプレイに答えが返ってくるまでに少し時間がかかった。

「たんさするもの」

祥兵は、ひらがなを読み上げた。

「うちゆうおたんさするもの」

出来るだけ平易に読み上げてから、字を当てて読み直してみる。

「宇宙を探査するもの？」

小文字や濁点、半濁点はアンテナに割り振られていないから、こちらで解釈するしかない。ひらがなの打ち出しはまだ続いた。

「はいおにあうおいしやとおくたんさするもの」

「灰鬼あ？　魚石屋ってなんだ？」

伝治郎が首を捻る。祥兵は、探査機から連想する言葉と目の前のひらがなを付き合わせてみた。

答えはすぐに出た。

「パイオニアと、ヴォイジャーだ」

「なんだそれ？」

祥兵は、訊いた雅樹をちらっと見た。

「大昔の、宇宙探査機だ」

「ヴォイジャーが帰ってくるって映画、昔ありましたね」

言った間瀬に、佐伯は渋い顔をして頷いた。

「うむ……いや、パイオニアもヴォイジャーも飛行中で、ヴォイジャーはまだ生きて運用中だ。地球から出発した探査機じゃない」

「探査機でいいのかな？　地球を探査、観測しに来たのか訊いてみてください」

『鞠子さんは、パイオニアやヴォイジャーのような探査機なのか？』

杏は質問した。ディスプレイに答えが来た。

「はい、だそうです」

『地球を、この星を探査、観測しに来たのか？』

祥兵の指示を待たずに、杏は質問を重ねた。こんども答えは早かった。

「はい」

『どこからだ？　どこからこの星を探査しに来た？』

祥兵は、学校の天文関連図書にひととおり目を通したらしい鞠子がそれをどうやって表現出来るかどうか想像してみた。

「ひらがなで答えられるのかその質問？」

「いやそもそも鞠子さんが出発した星の名前言われたって、こっちはそれ知らないぞ」

ディスプレイにひらがなが打ち出された。三文字。

「のしあ？」

祥兵は、伝治郎と顔を見合わせた。とりあえず他の天文部員たちの顔も見てみるが、答えを知っていそうなものは一人もいない。

祥兵はもう一度質問した。

「のしあ、でいいですか？」

もう一度同じ文字がディスプレイ上に打ち出された。の、し、あ。

マリアが首を捻る。

「のしあ？　それが、鞠子さんの星の名前？」

「いや、そうじゃない」

電波暗室の中を写し出すモニターを見た祥兵が、悠美の動きに気付いた。悠美は、カメラに向けてアンテナの配置を順に指差している。の字のアンテナ、しの字のアンテナ、あの字のアンテナ。それぞれを順番に指してから、悠美は配置されたアンテナを　直線に貫くように大きく腕を動かして見せた。

『悠美がなにかやっているが……』

当惑したような杏の声を聞いて、祥兵は理解した。

「文字じゃない、方向だ！　の、し、あの順に並んでるアンテナの延長線上の方向指してるんだ!!　杏先生、悠美ちゃんの指してるのと同じ方向指して、鞠子さんに訊いてみてください。こっちから来たのか、って」

『この方向か？』

杏は、悠美が指で描いて見せたのと同じ方向に腕を差し上げ、指を向けた。

『鞠子さんが来たのは、こっちからなのか』

ディスプレイ上にひらがなが打ち出された。はい。

「佐伯さん」

間瀬が低い声で言った。

「だいたいで構いません。今の時間、あの方向にある天体がなんだかわかりますか？」

「モニター越しの映像じゃ正確な方位も角度もわからないが」

佐伯は、モニターの中の杏の指の方向を実際の電波暗室と建物の配置と重ね合わせてみた。

「だいたい、天の川の真ん中方向か？」

「天の川銀河の中心方向ということですね」

間瀬は頷いた。

「参ったな、銀河系宇宙の中心方向だとすると、候補になりそうな星はごまんとあるぞ」

「鞠子さんが探査機として出発したのは何年前か訊いてみてください」

「地球の時間感覚で質問していいのか？」

伝治郎が言った。

「時間とか年とかって、地球基準のスケールじゃないのか？」

一日は地球が一回自転する時間。一年は地球が太陽の周りを一回公転する時間。当たり前の常識を思い出して、祥兵は答えた。

「たぶん大丈夫だ。パイオニアとかヴォイジャーとか、地球の昔の探査機の名前まで勉強してる相手だぜ。日本語のひらがな覚えて話してくれてるんだし、時間の単位もたぶんこっちが理解しやすいように翻訳してくれる、んじゃないかと期待しよう」

「ひらがなしか用意しなかったのが問題になるかもしれん」

祥兵は、背後から言った間瀬に振り向いた。

「イエスとノーだけじゃなく、0から9までの数字に対応するアンテナも用意しておけば、コミュニケーションがより円滑になったかもしれん」

「ですねえ。いっそのこと0と1だけにしてデジタル信号にしたほうが早かったかも」

「デジタル信号なんてどうやって解読するつもりだ」

「鞠子さんにこっちのフォーマット覚えてもらえば」

「来た！」

伝治郎が声を上げた。

「にまんねんまえ」

祥兵は、ディスプレイに表示されたひらがなを読み上げた。間瀬が横からディスプレイを直接覗き込む。

「にまんねん？　ほんとうに二万年前だと言ったのか!?」

「えーと……」

祥兵は、マイクに言った。

「杏先生、聞こえてますか？　二万年前って、本当に二万年前なのかどうか確認出来ますか？」

「二万年か……」

佐伯が呟いた。

「現代文明どころか、地球上じゃ現生人類もまだ発生していないぞ」

『どうやって確認しろというんだ。あー、鞠子さん、二万年前というのは、どれくらい前のことなのか説明出来るか？』

答えがディスプレイ上に表示されるまでに、少しの間が空いた。

「このほしのたいようのまわりおにまんかいまわるまえ」

今までで最も長い答えを、祥兵は口に出して読み上げた。

「この星、つまり地球が、太陽の公転軌道を、二万回廻る、って答えてくれました。鞠子さん、ちゃんと地球の単位を理解して、こっちに合わせてくれてます」

『こちらから質問してもいいか？』

祥兵は、ディスプレイの中の杏を見た。杏は鞠子人形から目を離さない。

『鞠子さんが、どうやって地球に来たのか訊いてみたい』

「どうぞ」

祥兵は答えた。

「それは、こっちも訊きたいと思ってた質問です」

『鞠子さんは、二万年前に先ほど教えてくれた方向から出発して、どうやってこの星に来たんだ？』

こんどの答えは早かった。

「とんて」

祥兵は素直にディスプレイに表示されたひらがなを読み上げた。

「かけて、ひこうして」

『どういう意味だ？』

「……そのままの意味じゃないのか？」

間瀬が言った。

「最初のとんでは、飛んで、か？」

間瀬は杏と鞠子人形を映し出すモニターを見ている。

「彼女は電波なのだろう。電波ならば、宇宙空間を光速で駆けることが出来る。二万年前に彼女の母星を出発した探査機が、光速で二万光年離れた地球に到達して探査している、そういうことじゃないのか？」

「電波の形の探査機ということか？」

佐伯が唸った。

「通信波あるいはレーダー波それ自体が探査機として宇宙空間を渡ってきたというのか？」

「それを可能とする技術があるなら、合理的でしょう。電磁波そのものを探査機に出来るのなら、機械的故障も心配しなくて済むし、なにより早い。電磁波は光速ですから、質量がある機械をそんな速度まで加速する必要もない」

「しかし、そんなことが可能なのか？」

「われわれ地球人類には不可能です」

間瀬は当たり前のように言った。

「だが、我々は自分たちに不可能なことや理解出来ないことが存在することを知っています。我々に出来なくても、鞠子さん、あるいは彼女を送り出したものになら可能なのでしょう」

「杏先生」

祥兵はモニターの中に呼び掛けた。

「鞠子さんに訊いてください。探査機なら、探査した観測データを持って、どうやって帰るのか」

『鞠子さんは、帰らないのか？』

杏が人形に訊いた。

『探査機なら、観測した情報を持って、出発した星に帰らないのか？』

入力を待って点滅していたカーソルがひらがなを打ち出した。祥兵はそれを読み上げた。

「かえらない」

杏はちょっと驚いた顔で訊き直した。

『帰らないのか？』

「はい」

祥兵は、ディスプレイのひらがなを読み上げた。杏は祥兵を待たずに質問を重ねた。

『それじゃあ、探査機として得られたデータはどうするんだ？　そのまま自分の中に溜めておくだけなのか？』

「たんさしえたものわおくる」

慣れてきたのか、ディスプレイ上のひらがなの打ち出しがスムーズになってきた。

「えられたちしきわのしあえおくる」

「得られた情報はデータとして電波で母星に送る、そういうことじゃないですか？」

間瀬が解釈する。

「本体は、帰還することなく次の目的地に向かう。今の地球でも小惑星探査機でそんな運用が構想されています」

「パイオニアもヴォイジャーも、地球に帰ってくる探査機じゃない」

佐伯は腕を組んだ。

「今までに人類が送り出した地球外の惑星や小惑星の探査機は、そのほとんどが地球に戻ってこない。サンプルリターンのために地球に戻ってくるものの方が少ない」

「その方が簡単で予算も安く上がりますからね。しかし、電波の形で何万年もかけて横断してくる探査機とは……」

間瀬は、佐伯の顔を見た。

「彼女を送り出した文明は、まだ存続しているんでしょうか？」

「杏先生」

話を聞いていた祥兵が声をかけた。

「のしあの方向にある鞠子さんの母星は、まだ生きているのか訊いてみて下さい」

『ん……』

目の前の日本人形と二万光年離れたその母星の文明をなんとか繋げようとイメージしながら、杏は口を開いた。

『鞠子が探査機で、観測した情報を出発した場所に送っているのはわかった。その、鞠子が出発した母星は、今も生きて鞠子に何か指示を送ってきているのか？』

束の間答えを待ってから、杏は自分のミスに気付いた。質問は、可能な限り簡単に答えられる形に整理した方がいい。

『いや、もう一度訊く。鞠子の母星は、今も生きているのか？』

答えはすぐに表示された。

「しらない」

祥兵は、ためらいなく打ち出された四文字をそのまま読み上げた。

杏は、次の質問を口にした。

『母星からは、今もなにかの指示が届いているのか』

今度も、答えは早かった。

「ない」

祥兵は、ディスプレイに打ち出された簡潔な返事をそのまま読み上げた。

間瀬が唸った。

「光速で飛ぶ探査機に、どうやってコマンドなんか飛ばすんだ」

「光速で飛ぶ探査機でも、本人の意思で探査対象に止まることはできる」

答えるように佐伯が言った。

「母星から指令電波を光速で送り出せば、探査対象に止まった探査機にコマンドを届かせることは出来るだろう。彼女は現在位置も次の探査目標も母星に送信しているはずだ。母星は彼女の現在位置を知っているはずだから、その座標に向けて指令電波を発射すればいい」

「探査対象とか目標とかは出発時に指示されてるでしょうから、特別な事情でもない限りは新たな指示を出す必要はないのかもしれません」

間瀬は、モニターに杏といっしょに映る日本人形の横顔を見た。

「こうやって話をしている限り、彼女は充分な自律性を備えているように見えます」

「杏先生」

祥兵は杏に呼び掛けた。

「鞠子さんに訊いてみて下さい。この星に来たのはいつなのか」

『次の質問だ』

杏は言った。

『この星、太陽系第三惑星地球と我々が呼ぶ星に君が到着したのは、いつか？』

今度の答えは少し間が空いた。

「いちさんまるにちまえ」

祥兵は、ディスプレイの答えを読み上げた。

「130日前、かな。前にもこの星に来たことがあるのかどうか、訊いてみて下さい」

『この星の探査は何回目か？』

杏は日本人形のガラスの瞳をじっと見つめた。前に探査に来た時に、彼女はご先祖と言葉を交わしたのだろうか。

「いちかいめ」

祥兵は返事を読み上げた。

「ひとつのたんさきわひとつのほしおひとつかんそくする」

「戻って来たのではないのか？」

間瀬が呟いた。

「前の鞠子人形とは違うのか？」

「戻ってきたなら、最初っから喋ってたんじゃないかと思ってたんです」

祥兵は鞠子人形と杏を映し出すモニターを見ている。

「ええと、杏先生、鞠子さんは一人だけなのか、それともほかに何機も存在するのか、訊いてみてください」

『鞠子のような探査機は、鞠子だけしか存在しないのか？』

「まりこわたんさき」

祥兵は、ディスプレイの文字を読み上げた。

「たんさきわよくしてたくさんいる」

とりあえず読み上げてから、漢字を当てはめてみる。

「探査機は、良くして、たくさんいる？」

「改良しながら発射され続けた、ということじゃないか？」

間瀬が解釈した。

「探査機が消えない電磁波をプログラムしたようなものなら、発射後の改良は難しいかもしれないが、過去の探査機のデータをフィードバックして改良することは簡単なはずだ。もし僕が計画関係者なら、探査機のプログラムを改良しながら発射し続けると思う」

「数万年に渡って母星にデータを送り続ける探査機なら、発射の間隔が数百年に渡ってもなんの不思議もないかもしれないな」

鞠子人形から目を離さないまま、杏が言った。

『前に喋ってた鞠子人形は今の鞠子より早く発射された先輩だったかもしれないということか』

「鞠子さんに、伝えてください」

祥兵はマイクに言った。

「ようこそ、地球へ」

『ようこそ、地球へ』

杏が鞠子人形に言った。付け加える。

『歓迎する』

「で……」

祥兵は、後ろで見ていた間瀬と佐伯に向き直った。

「このあと、どうします？」

間瀬は、軽く首を傾げた。

「どうします、とは？」

「コンタクトに成功して、最低限のコミュニケーションに成功しました。鞠子人形の正体も、ほんとかどうかはともかくとりあえずは判明しました。桶屋横丁としては、このあとどうするつもりですか？」

「さて」

間瀬は、面白そうな顔で横の佐伯を見た。

「地球外知性体が地球上で確認された場合の必要手順《プロトコル》はいくつも規定されているが、相手が電磁波でしかも探査機だって場合の規定なんかありましたっけ?」

「通常の手順なら、コミュニケーション可能な相手なら保護して協力を求める」

佐伯は首を捻りながら答えた。

「だが、減衰しない電磁波では、そもそも保護出来るような相手ではあるまい。それに、探査が目的とは言ってもその報告相手を現時点で確認出来るかどうか」

『悠美は?』

杏が、声をかけた。

『なにか訊いてみたいことはある?』

『いえ、あの、あああ!!』

突然、悠美が杏のマイクにまで拾われるような声を上げた。思わずモニターに目を戻した祥兵は、その理由にすぐ気付いた。

杏の前から、鞠子人形が消えていた。

「あらあー……」

祥兵は茫然と呟いた。佐伯は難しい顔で首を振った。

「鞠子人形が探査機の本体なのかそれとも一時的な憑依体なのかはわからんが、報告によれば人形は自由自在に好きな場所に移動出来るそうだ。電磁波も、瞬間移動出来る人形も、我々に保護できるとは思えん」

「消えるところ、見た？」

伝治郎に訊いて、祥兵は部員たちの顔を見廻した。誰も、鞠子人形が消える瞬間を見ていない。

祥兵は、携帯端末を取り出して現在時刻を確認した。

「まあ、長々と付き合ってくれたと思うなあ。鞠子さんもさすがに疲れたか」

「どこに行ったんだあの人形は？」

「たぶん、杏先生の車にいるんじゃないかと」

祥兵は間瀬に向き直った。

「えー、この実験には相手の協力が不可欠です。だから、探し出してもう一度連れてきても、たぶん鞠子さんはまた消えます。今日のところはここまでで、いいですか？」

「もちろんだ」

間瀬は頷いた。

「初日でコミュニケーションに成功したんだ、それも自分たちで観測機器を用意して、手順を整えて成功と言える成果を上げた。祝杯を上げるに足る成果だと思うよ。そうですね佐伯さん？」

「うむ」

佐伯は深く頷いた。

「よくやった。鞠子人形のこれからの扱いについては我々も考えなくてはならないが、君たちはどうしたい？」

「鞠子さんが探査機だっていうなら、まあ協力したいところですが」

祥兵は、鞠子人形がいなくなった電波暗室を映し出すモニターに目を戻した。

「出来れば、今までに探査した星の話とか聞けないかな」


電波暗室に配置されたアンテナと装備の片付けと並行して鞠子人形を探しに出た悠美から、すぐに発見の報告が届いた。とっぷり日が暮れた工場棟の駐車場の杏のワンボックスの助手席に、人待ち顔で座っていたそうである。


「しばらくは、鞠子人形は天文部で預りの身だそうだ」

蓑山高原から下界に向けて走り出したワンボックスの運転席で、杏はハンドルを巡らせた。

「つまり、いままでとなにも変わらない」

「本体は電磁波、人形も勝手気ままに瞬間移動可能じゃ、桶屋横丁や天文台に持っていったっていつ消えるかわからないってことでしょ？」

運転席の後の席に着いているマリアが言った。

「なんかしたいと思っても、どうしようもないんで押し付けられたんじゃないんですか？」

「扱いが厄介なのは確かだな」

往復二車線の蓑山高原道路は、大型貨物も通行可能な高規格道路だが、街灯はほとんどない。間瀬運転の四輪駆動車が先行しているから山道の先に踊る赤いテールライトは見えるが、標準装備のヘッドライトだけでは心許ないから杏は追加装備のドライビングライトを点灯した。強い光に下りのワインディングロードが照らし出される。

「まあ、必要各所には今日のうちに佐伯先生から連絡が廻るだろう」

「報告書、おつかれ様です」

後席から、マリアの隣の祥兵が声をかけた。実験終了後に、杏は佐伯から実験についての報告書提出を命じられていた。

「思い出させるな」

杏の声が沈む。

「こんな実験、なんて書きゃいいんだ」

「そりゃまあ、いつもどおりちょいちょいと」

「簡単に行くか！　それに、今回のはいつもみたいな体裁整える名目の書類揃えりゃいいってもんじゃない。中身に興味津々の各部署に廻されて精査されるんだ、うっかりしたもん提出出来るか」

「おつかれ様です」

「おまえたちはどうする気だ？」

いつもよりはのんびりした運転で高原道路を下りながら、杏が質問した。祥兵は、隣席のマリアと顔を見合わせた。

「どうする、とは？」

「このあと、鞠子人形はうちに帰る。明日もたぶん学校に連れて行くだろうが、その先どうする？」

「えーと、当面は、もう少し簡単に鞠子さんとコミュニケーションとれるようにしたいんですよね」

祥兵は、ワンボックスのぺらぺらの後席にもたれこんだ。

「話するのにいちいちアンテナ配置してこっくりさんするのも大変だから、もう少しなんとか簡単になんとかならないかなーと」

「当てはあるのか？」

「ない訳じゃないです。前の鞠子人形は追加装備なしに周りの人と会話出来たっていうんですから、なんか手はあると思うんですが、えーと……」

祥兵が後席から助手席と運転席の間に身を乗り出した。助手席では、シートベルト完全装備の悠美が正面を向いた鞠子人形を抱いている。

祥兵は、スピードメーターやタコメーターその他スイッチが夜間照明に浮び上がるワンボックスの運転席周りを見廻した。

「先生の車のラジオ、生きてますよね？」

「当たり前だ」

ハンドルを回しながら、杏は答えた。

「なんだ、聞きたい番組でもあるのか？」

「いや、そういうわけじゃなくて、ちょいとお借りします」

祥兵は、運転席と助手席の間から手を延ばした。ダッシュボード下に収まっている前時代的なプッシュボタン式のカーラジオのボリュームダイヤルを押してスイッチを入れる。

「えーと、バンド切り替えはボタンか、お、ちゃんと生きてる」

FMボタンは二つあるが、この辺りではNHKしか入らない。祥兵は、プッシュボタンを押して周波数帯をAMに切り替えた。

「アンテナ延ばすか？」

「ああ、その方がいいかも、お願いします」

杏は運転の片手間にドアのウィンドウハンドルを回して窓を開けた。車外に手を出して、ピラーに収納されているロッドアンテナを引っ張り出す。

ノイズだらけだった中波ラジオが、明瞭な声で今夜の天気予報を伝え始めた。聞き慣れた近隣の地名を聞いて、祥兵はチューニングダイヤルを回転させた。

「おっけー、ちゃんと聞こえると。んじゃ、ちょいと邪魔もののいないほうに」

祥兵は、プラスチックカバーに記されている簡単な周波数表示の下を動く赤いチューニングラインを上昇させた。

「なにを聞く気だ？」

「鞠子さんの声です」

後席から顔を出して、祥兵は悠美の膝の上で前を向いたままの鞠子人形を見た。

「鞠子さんの本体は電磁波で、その周波数はこっちの計測じゃ短波ラジオの帯域から極超短波、ＦＭだけじゃなくてＶＨＦとかＵＨＦあたりまで自由自在に変化してます。たぶん、こっちの計測が追いついてないところまで変化出来るんじゃないかと思うんですが、とりあえずは真ん中辺りのＡＭで、えーと、８００キロヘルツ」

祥兵は、周波数表示に合わせたチューニングダイヤルの位置を読み上げた。

「鞠子さん、わかるかな、この車のラジオの周波数を８００キロヘルツ辺りに合わせました。特定周波数にサイクル合わせて、アンテナ撫でてくれれば、スピーカーからノイズが聞こえると思います。ちょっとやってみてくれますか？」

少なくとも、見て、話しかけている間は鞠子人形は悠美の腕の中から消えない。思い付いて、祥兵は付け加えた。

「今日付き合ってもらって力加減はわかってるとは思いますが、力はそんないらないです。軽く撫でるくらいで、やってみて下さい。周波数は８００キロヘルツ」

「大丈夫か？」

運転しながら、杏は訊いた。

「時々海外の放送とか聞こえるぞ？」

「大丈夫なはずです」

運転席と助手席のバックレストに手をかけたまま、祥兵はボリュームボタンを回した。内蔵スピーカーが安っぽいノイズを流し出す。

「いやまあ、海の向こう行けばこの辺りの周波数の放送もあるはずですけど、ここいらなら違法無線くらいしかいないはず」

スピーカーから、運転する杏が思わずハンドルを揺らすほどのざんっというノイズが飛び出した。

「なんだ今のは⁉」

「鞠子さん⁉」

あわててボリュームを絞りながら、祥兵は呼び掛けた。

「今の、鞠子さんがやったの？」

もう一度、今度はさっきより低いノイズがスピーカーから流れた。

「よおし、行けるかな。鞠子さん、アンテナから入ってきた奥で何やってるかはわかる？　周波数というか波の長さをさっきの８００キロヘルツに合わせて、ちょっと長めに続けてみて。アンテナの先のラジオが、鞠子さんの電波信号を音に変えてスピーカーから流すから」

「鞠子人形に中波ラジオの真似させる気か⁉」

運転席の杏が声を上げた。

「です」

運転席と助手席のあいだに乗り出したまま、祥兵は頷いた。

「伝治郎から中波ラジオの講義してもらいましたんで、それを鞠子さんに理解してもらえればなんとかなるんじゃないかと」

「鞠子さん、電波なんでしょ」

後席のマリアが言った。

「だったら、直接スピーカーの電線に触ってもらえばいいんじゃないの？」

「そこらへん飛んでる放送電波と、スピーカーの電線流れてる信号とじゃ全然強さが違うんだ。放送してるでっかいアンテナのすぐそばまで行けばただの金属のかたまりの、たとえばスプーンなんかでも放送が聞こえたりするけど、さすがに鞠子さんの出力はそこまで高くない」

「ふうん」

「でも、ラジオなら、遠く離れて弱くなった放送局の電波でも、増幅してスピーカーで声や音楽の信号を流してくれる。鞠子さんも、直接スピーカーのコード弾くよりアンテナ経由でラジオ鳴らす方が楽なんじゃないかと思うんだ」

「へえ」

気のない返事をして、後席からちょいと身を乗り出したマリアは助手席の悠美の膝の上の鞠子人形の横顔を見た。

「でも、それだったら、鞠子さんに放送電波の原理を祥兵が講義するよりも、その辺り飛んでる放送電波を鞠子さんに真似してもらう方が早いんじゃないの？」

「あ……」

祥兵は、悠美の膝の上の鞠子さんを見た。おそるおそる訊いてみる。

「鞠子さん、出来る？　８００キロヘルツの周り飛んでる、長さが半分から倍くらいの電波は、だいたいが放送用の電波なんだ。電波の強弱と微妙な揺れに音声信号乗せて、それがラジオの中で音に変換されてスピーカーから流れるようになってる。電波に関しては鞠子さんの方が詳しいと思うから、周りを飛んでる放送電波コピーして８００キロヘルツで流してみてくれれば、なにがどうなってるのか理解して、くれる、かなあ」

しばらく、山道を駆け下りるワンボックスの中がスピーカーからの雑音とタイヤからのロードノイズ、エンジン音、風切り音だけになった。

少しでもスピーカーからの音が聞こえやすくなるように、ハンドルを握る杏は走行速度を落とした。

「だめかな」

祥兵が口を開いた。

「そう簡単にはいかないか」

軽く肩をすくめて、杏はアクセルを踏み込んだ。先行する四輪駆動車を追いかけて速度を上げる。

突然、スピーカーからぼん！　という何かが繋がれたようなノイズがあふれた。

「な、なんだ!?」

『ただいまより7時のニュースをお伝えします』『はあーい今夜もダンシングスターの時間はじまりました、皆さんお元気ですかー？』『ピッチャー振りかぶって第三球目、投げましたストライク！』

チャンネルを素早く切り替えたように数局分の音声が、すっかりくたびれたカーラジオのスピーカーから流れた。重なるようにクラシックやポップス、海外ラジオ局らしい音楽や声がいくつも聞こえる。

「おいおいおい……」

　おもわずアクセルを戻した杏は、ワンボックスをスローダウンさせて路肩に止めた。エンジンがアイドリングする静かな音に、杏が入れたハザードスイッチの両側のウィンカーを点滅させる機械音が重なる。

　カーラジオのスピーカーが黙った。ワンボックスの四人は、次にスピーカーから流れる音を待った。

　追いかけて来ていた雅樹のスーパーカブが、路肩に寄ってハザードランプを点灯しているワンボックスの横で止まった。運転席側をノックする。杏は、アンテナを上げたあとに一度閉めた運転席側の窓をハンドルを回して開いた。

「どうしたんすか？」

　カブに跨ったままの雅樹がジェットヘルのシールドを上げた。杏は答えようとした。

「いや、なんでもない。今、鞠子人形と……」

『こんにちわ。わたしはまりこです』

　ちょっと舌っ足らずな声が、棒読みにカーラジオのスピーカーから流れた。

『みなさん、おげんきですか』

「あら、鞠子さんたら」

　助手席の悠美が笑み混じりに言った。

「いつの間にか向きまで変えちゃって」

悠美の膝の上で前を向いていたはずの鞠子人形が、横座りに運転席を向いている。

悠美は、横を向いた鞠子の切り下げ髪を優しく撫でつけた。

「遠くからがんばって来たのね」

運転席を向いている鞠子人形を見て、ハンドルに両腕を組んだ杏が深い溜息を吐いた。

「やめろおおお」

「え？」

「これ以上レポートに書かなきゃならない重要事項を増やしてくれるな」

杏はハンドルから顔を上げて部員たちを見た。

「いいか、この件は校外に漏らすな」

「こ、こうがい？　ですかあ？」

杏の鬼のような形相に、祥兵の声が裏返る。

「いったいどこまで校外ですかあ？」

「とりあえず岩大と桶屋横丁、それから天文台だ！」

杏は吠えた。

「レポートは今夜のうちの提出を求められているから引っ張っても明日朝、それがあちこち廻って、緊急案件じゃないだろうから方針決定に早くて三日。その辺りまで話が外に漏れなきゃそれでいい」

「ってことは、校内は？」

「校内のことは好きにしていい」

杏はハンドルを握り直した。

「ラジオ経由で鞠子さんと直接話が出来るなら、電波研にも協力してもらえばもっと楽に簡単に話が出来るようになるかも知れない。それは進めてくれ。だが、今夜、帰りの車の中で鞠子さんとラジオ通してお喋りするのに成功したってことだけは他には秘密だ。いいな！」

最後の一言でくわっと車外の雅樹をにらみつけて、杏は正面を向いた。

「さあ、行くぞ。あんまり遅れると先輩が心配して様子見に来るかも知れん」

第五日

翌日の放課後。天文部部室に入った杏は、実験卓の上の木箱に座っていた鞠子人形に待っていたかのように挨拶された。

『こんにちわ、わたしまりちゃん。今部室にいるの』

「おまえは深宇宙から飛んできた探査機にいったいなにを教えたー⁉」

杏は、鞠子人形のすぐそばにいた祥兵の胸ぐらを摑み上げた。祥兵はあわてて両手を振る。

「いや、つい流れで」

「流れで、じゃない！　今の声、そこらへんのスピーカーからじゃなくて鞠子人形から聞こえたぞ！　いったいなにをした！」

「鞠子さんのそばにいっつもラジオ用意しておくのも大変なんで、着物の袂に小型ラジオいれてみたんです」

　後ろにいた悠美が、鞠子人形が着ている振り袖の袖をちょっと持ち上げて見せた。

「鞠子さんとラジオ一緒にしておけば、鞠子さんが好きなときに話せますから」

『こんにちわ、わたしまりちゃん、今部室にいるの』

　祥兵から手を放して、杏は深い溜息を吐いた。

「他にはなにをした？」

「鞠子さん相手に、ですか？」

「他に誰がいる！」

　杏は祥兵に詰め寄る。祥兵は助けを求めるように部員たちの顔を見廻した。助け、なし。

「いやあの、そういうことだったら、先生直接鞠子さんに聞いてみたらどうです？　鞠子さん、昨日今日でだいぶ話せるようになりましたよ」

　杏は、もう一度実験卓の上に座っている鞠子人形を見た。部室でいつもの顔をしている部員たちの顔を見る。

「探査機だぞ」

　小さな声で呟いたら、悠美が頷いた。

「鞠子さんですよ」

　意を決して、杏は実験卓に手をついて木箱に座っている鞠子人形と視線を合わせた。咳払いかなんかする。

「あー、天文部顧問の梅田杏だ。調子はどうか？」

しゃちほこばった口調に、状況を見守っていた悠美とマリアがぷっと吹き出した。鞠子人形はじっと杏を見ている。杏は、鞠子人形から目を離さずに答えを待った。

『だいじょうぶ』

両手を重ねて木箱に腰掛けている鞠子人形の振り袖の底から、あまり音質のよくないスピーカーで縮小された声が聞こえた。

『あなたの調子は？』

「あ、ああ、悪くない」

まさか聞き返されるとは思っていなかった杏は、とっさに当たり障りのなさそうな答えを返した。祥兵にちらりと目を走らせる。

「昨日の今日で、もう挨拶まで出来るようになったのか？」

「てえか、意外と普通に話せますよ。相手は日本語が通じるけど、地球外から来た探査機だってことさえ意識してれば、ちゃんと会話が成立します」

「おまえたち、順応性高いな」

当たり前のような顔をしている部員たちを見廻して、杏は鞠子人形に目を戻した。

「なにか欲しいものはあるか？」

それが自分に対する発言だと、鞠子人形はどうやって認識しているのだろうかと杏は考えた。自分の好きに動き回れるということは、鞠子人形が周辺環境をかなり正確に把握しているということでもある。しかし、電波だけのシステムが自分の位置と周囲の物体をどうやって認識しているのだろう。それは、どう質問すればこちらが望むような正確な答えが得られるのだろうか。

『だいじょうぶ』

昨日、ワンボックスのラジオから流れたのと同じ、ちょっと舌っ足らずな少女の声で鞠子は答えた。

『観測情報は順調に溜まっている』

「そうか、探査機が求めるのは情報だな」

そして、本体が自由に動き回れる電磁波である鞠子は、望む情報を得るために好きな場所に移動できる。電磁波だから、重力に縛られることなく宇宙空間を飛び回ることも出来る。地球だけじゃなく、他の惑星や衛星に関する情報も簡単に得られるだろう。

「だが、これ以上どんな情報を必要としているのだ？」

電磁波を本体とする探査機が、どんなセンサーでどんなデータを蓄積しているのか考えながら、杏は質問した。太陽系のデータなら、恒星のタイプから公転する惑星の軌道、サイズ、主要な構成成分まですべて調査完了していても不思議はない。

『まりこは、あらゆる情報を収集する』

舌っ足らずな子供の声で、鞠子人形は答えた。

『とりわけ、生命に関する観測は優先順位が高い』

「生命に関する観測」

杏は繰り返した。重要な情報に接近している感覚を頼りに、質問を重ねる。

「今までにも、生命体を観測したことはあるのか？」

『なんどもある』

鞠子人形は、スピーカー越しの声であっさり答えた。

「どこで！」

杏は勢い込んで訊いた。

「どんな生命体と接触した!?」

『観測データはすべて送信済み』

子供の声で、鞠子は淡々と答えた。

『送信後の観測データは、記録領域確保のために消去したので、過去の観測データは残されていない』

落胆の声が天文部員からも漏れた。

「そうか……」

杏は、肩の力を抜いた。

「記録領域は限られているのか。すべての観測データを保持し続けるようには出来ていないのか」

『すべての観測データを保持し続けると、まりこはいくらでも大きくなってしまう。送信されたデータはまだ宇宙空間にあるから、受信できる』

「どうやって？」

話を聞いていたマリアが、祥兵に訊いた。祥兵はちょっと考えて答えた。

「たぶん、鞠子さんの観測データは、普通に電波の形で出発した星に向けて発射されたんだと思う。電波は光速で進んで、受信されたからってそこで消失するようなものじゃないから、先回りしてアンテナ用意しておけば、いくらでも受信できるって、そういうことじゃないかな」

「電波の先回りって、どうするのよ」

「えーと、超光速で電波の先回りすれば」

「どうやって」

「ワープとか量子テレポテーションとか」

「はいはい」

「あ、そこまで非現実的な手段じゃなくても、発射された電波なら広がりながら進んでいくはずだから、どっかの星やなんかで反射して返ってきたの捕まえるって手もある」

「現実的なんですか？」

マリアは、今度は杏に訊いた。杏は難しい顔で頷いた。

「何十年前か、何百年前かに発射された、探査機からの観測結果か。数百光年離れた探査機からの電波を受信して分離して解読すれば不可能じゃないだろうが、今の地球の設備と技術じゃ無理だろうな」

杏は、実験卓の上の鞠子人形に目を戻した。

「生命体を観測する基準のようなものは、あるのか？」

鞠子は答えなかった。すこし待ってから、杏は、鞠子が答えやすいように質問を重ねてみた。

「どんな生命体を発見したら、観測するのか？」

『どんな生命体でも、発見すれば観測する』

鞠子は答えた。

『とりわけ、異種とコミュニケーションできる生命体は優先順位が最高』

「異種とコミュニケーション出来る……」

杏は、鞠子の言葉を繰り返した。

「それが、君たちが定義する知性体の基準か？」

アブラムシと共生するアリとか、托卵するカッコウなどは異種とコミュニケーションする生命体に勘定されるのかどうか考えながら、杏は訊いてみた。

『自己保存、自己複製する生命体は希少』

鞠子人形は答えた。

『異種とコミュニケーションが出来る生命体はさらに希少』

「調査すべき生命体の基準を、そこに置いたということか」

「調査の最優先順位を、コミュニケーションできる生命体にしたってことだと思います」

祥兵が補足説明する。

「全部の観測対象をいつまでも観測してられるようなプログラムじゃなさそうですから」

「そうか……」

『探査機とコミュニケーション出来る生命は、さらにさらに希少』

鞠子が言った。

『双方にコミュニケーションの意図があっても、成立しないケースが大半』

杏は、部員たちの顔を見廻して、鞠子に目を戻した。

「だから、ここにいるのか」

返事はない。しかし杏は鞠子がうなずいたような気がした。

「昔、うちにいたのも、そこでならコミュニケーションが成立する可能性が高いと判断して、事実成立したから、か」

「あの、いいんですか？」

祥兵が杏に声をかけた。

「何がだ？」

「今の会話も、桶屋横丁に報告書にして上げなきゃならないんじゃ？」

杏ははっとしてくちもとに手を当てた。

「それで思い出した。明後日の放課後に桶屋横丁に口頭で報告に来いとお呼びがかかった」

「へい」

合点承知というように、祥兵は頷いた。部室内を見廻す。

「みんなで、ですか？」

「可能であれば、鞠子人形もいっしょに」

杏は鞠子人形に向き直った。

「鞠子さん、我々はこの星に住むものとして外から来たものに多大なる興味を抱いている」

苦笑して、杏は言い換えた。

「我々は、他の星から来たものに対する観測の優先順位が高い。協力してもらえないだろうか」
『わかった』
拍子抜けするように簡単に、鞠子人形は答えた。
『その時間に、他に有為な観測対象がない限り、同行しよう』
「感謝する」
杏は鞠子に一礼した。

第六日

「わたしまりちゃん。今部室にいるの」

「どうあってもそれをマイクテストにするつもりか」

杏は、祥兵が入れたコーヒーが注がれたどくろ印の湯呑みを手に取った。

「フォローはしないぞ。言い訳は自分でやれよ」

「自己紹介と現在位置を一度に済ますってあたりは合理的だと思いますが」

自分の銅ジョッキにコーヒーを注いで、祥兵は南部鉄瓶を実験卓の鍋敷きに置いた。

「鞠子さんの声がだいぶクリアになったな。仕掛けを変えたのか？」

「お、わかりますか」

祥兵は、お湯を噴きこぼしたりコーヒー豆を散らしたりする不慮の事故が発生しても被害を受けないようにコンピューターのディスプレイとキーボードが置いてある杏のデスク上に、椅子代わりの木箱ごと避難させた鞠子人形を見た。

「電波研の協力を得て、袂に入れてた小型ラジオを、胸元に仕込んでみました。ついでにスピーカーもちょいと大きくて高級な奴に交換したんで、声もよくなったし口に近いところから聞こえるようになりましたでしょう」

「内部構造いじったのか？」

杏は、難しい顔で鞠子人形を見直した。

「いちおう、岩大からの貸し出し品だぞ」

「大丈夫、鞠子さんの中身を切ったり削ったりとかそういうことはしてませんから。ご存じの通り身体はほとんど木組みの構造体なんで、空いてるところにうまく部品はめ込んで固定してます」

「それで納得してくれるといいが」

「大丈夫じゃないすか？　鞠子人形はさんざん調査して、異常無しって結果出てるんですよね？」

「探査機の鞠子さんが取り憑いてる状態で、調査したいとか言い出すかも知れないが」

杏は、前回、蓑山天文台の電波暗室での実験でそういう展開にならなかった理由を思い出した。

「鞠子さんの同意がない限りは現状での調査は出来ないから、同じか」

言ってから、杏は祥兵の顔を見直した。

「ということは、鞠子さんは黙っておまえたちに改造させたということか」

「改造なんて人聞きの悪い」

祥兵は手を振った。

「だいたい、着付なんかは女性陣に手伝ってもらってますから」

鞠子人形が着ている振り袖は、紺地に藤柄の大島紬の本格的なものである。杏は、マリアを見た。

「マリアが着せたのか？」

「わたしです」

悠美が、恥ずかしそうに手を挙げた。

「先生の家で、教わりましたから」

杏はちょっと驚いた顔で鞠子人形を見直した。悠美が最初に教わったのは寝間着の浴衣の着方で、最初は散々なものだったが、日を経ずしてどんどん様になっていった。気に入った祖母が着付の手ほどきをして、杏よりよほど覚えがいいと誉めていたのを思い出す。

「しっかり信頼を得ているということか」

杏は頷いた。

「明日の放課後に、桶屋横丁に報告に行く。よろしく頼む」

第七日

岩江市の官公庁街の中ではもっとも新しい、前世紀の鉄筋建築である漁労会館は、平日らしく職員及び訪問客の自動車で駐車場の大半が埋まっていた。

軽のワンボックスの運転席から降りた杏は、駐車場の車の列の中に見覚えのある四輪駆動車を見つけて顔をしかめた。

「先輩も来てるのか」

「そりゃまあ、大学の倉庫から鞠子さん見つけた時にもいた、管理担当みたいなもんでしょ？」

「そんな立派なもんか。あれはただの野次馬だ！」

駐輪場にカブを入れた雅樹と合流して、正面玄関から漁労会館にはいる。朝が早い漁労会館は、もうすぐ終業時間になるので一階ロビーはがらんとしていた。

「お待ちしておりました」

ロビーでは、ファイルを小脇に持ったすらりとした眼鏡美人が一行を待っていた。全員の顔を確認するように見廻して、一礼する。

「梅田組合長の秘書をしております、奥貫です」

「岩江高校天文部顧問の梅田です」

礼を返して、杏は引き連れている天文部一同に手を挙げた。

「こちらが、岩江高校天文部。それと、鞠子人形です」

胸の前に両腕で人形を抱いていた悠美が、鞠子ごとビジネススーツ姿の奥貫に会釈した。

「どうぞ」

先に立って、奥貫はエレベーターに歩き出した。

「皆さん、お待ちです」

最上階の組合長室には、組合長の梅田安土郎《あんどろう》、蓑山天文台長佐伯だけでなく、間瀬も天文部員たちの到着を待っていた。

型どおりの挨拶のあと、六人掛けの長大なソファの真ん中に固まって鞠子人形を抱えた悠美とマリアを男子部員が挟む形で座る。

「そんな顔をしていたか？」

梅田組合長は、巨大な一枚板の屋久杉のテーブルの向こうで悠美に抱かれている鞠子人形をしげしげと見つめた。

「昔見たときよりも、なにか、表情が変わったような……」

「鞠子人形を見るのは何年ぶりですか？」

同じ網元屋敷で鞠子人形を見たことがある杏が聞く。

「それに、ほら、今の鞠子人形は、憑かれてますから」

梅田は、隣の佐伯と居心地の悪そうな視線を交わした。

「記録の準備、出来ています」

応接セットからちょっと離れたデスクから、ディスプレイとキーボードを目の前にした奥貫が声をかけた。

「いつでも開始できます」

「うむ」

梅田は、天文部員たち、悠美の抱える鞠子人形に向き直った。

「はじめていいか？」

「その前に、報告しておくことがあります」

一人用ソファに浅く腰を下ろしていた杏が、軽く手を挙げた。

「報告書では天文台の電波暗室を使って成功した鞠子さんとのコミュニケーションですが、

その後、進展がありました」

梅田は、杏に視線を向けた。

「その件に関する報告はまだ受け取っていないが?」

「緊急性が薄いのと、進展が急だったので、あとでまとめて報告すればいいと判断しました」

杏は祖父である梅田の顔をまっすぐ見て答えた。

「前に提出したレポートの評価も返ってきていませんでしたから」

「今、聞いておいた方が良さそうだな」

梅田は、デスクの奥貫に目をやった。

「記録をはじめてくれ」

「わかりました」

奥貫は、レコーダーをスタートさせた。梅田は杏に向き直った。

「で、なにをしたんだ?」

「うちの天文部員たちが」

杏は、長いソファにかたまって座っている四人を見た。

「鞠子人形に取り憑いている探査機の正体が電磁波であり、なおかつその電磁波を任意に制御出来るのであれば、電波暗室に無数のアンテナを設置しなくてもラジオ経由で直接コンタクトを取れるのではないか、と気付きまして」

「成功したのか⁉」

声を上げたのは佐伯だった。

「あれだけの成果を上げておいてそのあと電波暗室の借用要請が来ないからおかしいとは思っていたが、そんなことをやっていたのか⁉」

「はい」

杏は頷いた。

「最初は、そばのラジオ経由で特定の周波数指定して、ノイズ鳴らすところからはじめまして、その次には鞠子人形の袂に入るような小型ラジオを入れて、それだと音質がよくないので、最終的に胸元に受信装置、スピーカーと電池を入れ込んだそうです」

杏は、興味深げに耳を傾けている間瀬の顔をちらりと見た。

「もちろん、内部構造を改造するようなことはしていません」

「前に調査したときに、人形の中にブラックボックスがないのはもちろん材質的にも地球上のありふれた材料で組み立てられているのは確認している。そうすると」

間瀬は、悠美の膝の上の鞠子人形を見た。

「探査機は、我々の日本語の会話も聞いて内容を理解しているんだよね。ラジオを内蔵したということは、つまり、彼女とこっくりさんを介さずに直接話せるようになったということかい？」

「そういうことです」

　杏は頷いた。

「報告書に書いたとおり、鞠子人形は今までの地球上に於ける調査活動で日本語をだいたい完全に理解しているようです。他の言語については確認していませんが、通常、電波に乗っている主要言語ならば解析理解しているのではないかと予測します」

「人間が使う以外の言語に関しては？」

　間瀬が質問した。

「電波を解析して音声に戻してから理解するより、そのあたり飛んでるケータイやネットの電波に乗ってるデータをそのまま解析する方が早いんじゃないか？」

「鞠子さんは、およそ二万年前に天の川銀河の方向から放たれた、電磁波による探査機です」

　杏は答えた。

「鞠子さんを作ったものが、どれほどの解析能力を彼女に与えたのか、まだ我々はその正解に辿り着いていません。しかし、コミュニケーション手段は大幅に改善しました。もう、彼女と会話するのに大仕掛けな設備は必要ありません。鞠子さんに直接質問してみたら、いかがでしょう」

間瀬は、了解を得るように梅田に目顔で訊いた。軽く頷くのを確認して、悠美の膝の上の鞠子人形に向き直る。

「話をしてもらえるかな？」

軽く咳払いをして、間瀬は続けた。

「僕は、岩見大学で電子工学と情報処理を勉強しながら、この星の外から来るものについての研究をしている。はるか何万光年も離れた星から、さまざまな星を巡ってきたであろう君の話を聞きたい」

「わたしまりちゃん」

ちょっと舌っ足らずな高めの女の子の声でいつもどおり答えた鞠子人形から、杏はこっそり目を逸らした。

「今、オリオン腕のスペクトルG型恒星の、内側から数えて三番目の惑星にいるの」

ほお、と梅田と佐伯の老人二人が唸った。

「間瀬くん、続けてくれ」

指示した佐伯が、小声で所感を述べる。

「オリオン腕もスペクトルG型も地球人類による分類です。つまり探査機は、我々が宇宙をどのように認識しているかというデータまで収集していることになります」

「日本語を習得してここに来るほどの宇宙人なら、地球独自の命名規則まで習得している例は珍しくない」

やはり小声で、梅田が答えた。

「だがその場合、宇宙人は、事前に充分な時間をかけて調査予習をしている。まったく白紙の状態からわずか半年ほどでここまで調査し、マスターするとは、探査機としてはきわめて高性能だと判断せざるを得ない」

「確認になるが、きみの」

間瀬は、自分に視線を向けているような鞠子人形の白い顔を見直した。

「鞠子さんの目的を知りたい。探査機としての観測目標はあるのか？」

「まりこの目的は、天体観測」

鞠子は余り抑揚のない声で答えた。

「恒星、惑星からガス雲など大小様々な天体の最新状況を観測する」

「最新状況とは？」

間瀬が質問する。

「天体に関する、どんな情報を重視して観測する？」

「現在位置、運動法則、質量、温度、成分、状態などを観測する」

「観測に要する時間はどれくらいか？」

間瀬は、次から次へと質問を続ける。

「我々が今いる恒星系の観測には、どれくらい時間をかけるのか？」

「通常は通過観測のみ」

鞠子も、よどみなく質問に答える。

「オールト雲から星系の中心となる恒星までの天体についての観測は、一回の通過で完了する」

「通過観測を、一回だけか」

梅田が呟いた。

「それだけでも、どれほどのデータが得られるのか」

「我々が飛ばす探査機よりもはるかに高精度のデータが得られていると見るべきでしょう」

佐伯が言った。

「観測手段のほとんどが受動観測のみとはいえ、観測範囲は電波領域に留まらず、紫外線から赤外線、大気圏内では音波にまで及んでいるはずです。しかも、その精度はこの距離で我々を個体認識するほどであり、なおかつ本体が電磁波であれば二号機、三号機の発射も簡単です」

「同じ電磁波の探査機が、改良されながら発射されていると報告書にあったな」

梅田は、杏を見た。杏は頷いた。

「そのたった一機だけでも、今までにどれほどのデータを母星に向かって送っているのか、想像も出来ん」

「それだけの技術をもってしてなお、この宇宙は観測するに足る対象だということでしょう」

間瀬は鞠子人形に向き直る。

「一回だけの通過観測ではなく、反復しての観測を行うことはあるのか？」

「ある」

動いていないのが不思議なくらいの反応で、鞠子は答えた。

「通過観測では充分なデータが得られない特異な天体、現象については、反復観測を行う」

「反復観測を行う条件は決まっているのか？」

「規定されている」

鞠子人形は答えた。

「既知の範囲に収まらない観測例のない、あるいは非常に少ない現象が観測された場合、反復観測が行われる。また、未知の知的生命体が観測された場合も、反復観測が行われる」

本筋に入ってきた、と思って、杏は間瀬と梅田、佐伯の表情を注意深く観察した。

「知的生命体」

間瀬は、鞠子の言葉を繰り返した。

「……知的でない生命体の場合は、反復観測の対象にならないのか？」

「ならない」

鞠子は即答した。

「生命体の存在は、宇宙では観測例の少ない事例ではない」

佐伯が、溜息を吐くように頷いた。間瀬はさらに質問を重ねた。

「では、知的生命体の存在は珍しいのか？」

「知的生命体も、生命体より観測例は少ないが、反復観測を規定されるほど珍しい存在ではない。反復観測が規定されているのは、未知の知的生命体の存在が予測されたとき」

「知的生命体の定義は？」

間瀬が訊く。鞠子は、杏が訊いたのと同じ答えを返した。

「他種とコミュニケーション可能な生命体」

「つまり……」

間瀬は、得られたデータを整理するように一呼吸の間をおいた。

「君が地球に留まり、反復観測を行っている理由は、ここに我々、つまり君たちが定義するコミュニケーション可能な知的生命体の存在が確認されたから、なのか？」

「そうだ」

鞠子は答えた。

「先にこの空域を観測した探査機が、自然現象ではない電波信号を受信し、初期技術文明の段階にまで達した知的生命体の存在を確認した。先行する探査機は、知的生命体の存在と観測の継続を後続の探査機であるわたしたちに指令し、そして、わたしがここに来た」

「前の鞠子人形か……」

梅田が呻いた。

「昔、鞠子人形が喋ったのは、君の先輩だったのか」

「君たちは、先行している探査機とネットワークまで作っているのか？」

間瀬がさらに訊く。

「地球に来たのは、先行機からの指令があったからなのか？」

「ネットワークではない」

鞠子は答えた。

「情報は、先行する探査機から、のちの探査機への一方通行。あとから来た探査機が先行する探査機の情報を聞くことはあるが、それも全てではないし逆もない」

「そうか、光速で飛ぶ探査機にあとからデータを送っても追いつかないか」

間瀬は納得した。

「先行した探査機の情報を全て受信するわけではないのか。先行機の情報は、後続にとっての貴重な情報になると思うが」

「探査機が聞けるのは、母星に向かって送られた報告。それも、方向が合っていないと聞こえない」

一息置いたようなタイミングで、鞠子は付け加えた。

「母星に向かって送る報告は、減衰しない電磁波ではなく、通常の電磁波で送信される。指向性が強いから、受信範囲が限られる」

「天文台でも訊いた質問の繰り返しになるかも知れないが、訊きたい。他の探査機から送られたデータや、君自身が観測したデータは保持されていないのか?」

「探査機は、データを保存しない」

鞠子は答えた。

「観測したデータは報告として送られたのち、消去される」

「なぜだ?」

間瀬は、人形の外観からなにか別の情報でも得られるかのようにじっと鞠子を見つめている。

「探査機にとって、観測情報ほど重要なものはないはずだ。せっかく得た観測情報を、報告が終わったから消去する必要があるのか?」

「探査機は、観測情報を報告したのち、消去する」

鞠子は答えた。

「そうしなければ、得られた観測情報で探査機が無制限に巨大化し、探査機としての形を保てなくなって減衰してしまう」

「無制限にデータを保持できるわけではない、ということか」

自分の知識に当てはめて、間瀬は探査機の言葉を理解しようとした。

「巨大化しすぎると、本来の形から離れすぎてそれを維持できなくなる、と。聞いたとおりです」

間瀬は、梅田と佐伯に両手を挙げてみせた。

「というわけで、鞠子人形から、他の星に関する精細な情報を得ることは不可能と判断します」

「もう少し実利的というか、外交的な理由かと考えていた」

梅田は難しい顔で頷いた。

「機構的な問題とあらばしかたあるまい。銀河系宇宙を二万年も光速で飛んできた異星の探査機の観測情報が得られるかと思ったが、さすがに甘すぎたようだな」

「得られたとしても、役立てることができるかどうか」

間瀬は首を振った。

「うちには来たことがなくても、パリ本部やニューヨークの最高司令部にはエンサイクロペディア・ギャラクティカを売り込みにセールスマンが来てるって話は聞いたことがありますよ。情報収集のためなら地球だって売り渡しかねない情報部がなんで買わないんだろうってみんなで不思議がってます」

「その件なら聞いたことがある」

佐伯は苦い顔で答えた。

「宇宙を股にかけた詐欺商法に引っ掛かってノイズだけしか記録されていない莫大なデータを売りつけられたんだとか、受け取ったはいいがデータが大きすぎて解読がさっぱり進んでいないとか、本体だけ買ってこんどは解読のための辞書を売りつけられてるとか、予算が執行されないとか、冗談のネタにしかなっておらん」

「えんさいくろがらくたってなんですか？」

訊いた雅樹に、杏はめんどくさそうに手を振った。

「全銀河版のウィキペディアみたいなもんだ」

「んなもんがあるんですか!?」

「未開の星の原住民を騙すための伝説の秘伝書みたいな詐欺のネタだから、引っ掛かるな、ってのが情報部の見解でしたね？」

「それはうち、というか第五管区つまりここで出した結論じゃない。パリ本部から廻って来た通達だ。それから、これは最高機密に属する情報だが」

佐伯は、ソファの天文部員たちの顔を見廻した。

「エンサイクロペディア・ギャラクティカに限らず、無料でエネルギーを供給し続ける永久機関とか地球文明のステージを一段階上げるありがたいモノリスとか、年一回は宇宙詐欺に関する注意が廻ってくる」

「はあ……」

「で、どうします?」

間瀬は、梅田と佐伯に向き直った。

「直接お喋りできるようになるとか、コミュニケーションの方法に多少変化はありましたが、基本線は最初に杏から上がってきた報告書と変化ありません。第五管区司令部としては、鞠子さんをどの程度の脅威と判定してどう対処するのか、そもそも脅威として判定するのかどうかってその辺りで揉めてるんじゃないかと思ってたんですが」

「しかたあるまい」

梅田は、緊張をほぐすように首を振った。

「悪い宇宙人から平和を守る防衛軍としては、相手がなにをどう言っていようが、それが地球にとってどんな脅威となるか、どうすればその脅威から地球を守るか、まずそこから考えなければならない」

梅田は、悠美の膝の上に座る鞠子人形に顔を上げた。

「だが、それは少なくとも相手がこちらと同じルールで同じゲーム盤に乗っている時の話だ。このタイプの探査機が相手では、機密情報を秘密として保つことすら出来ないぞ」

「でしょうね」

間瀬は肩をすくめた。

「彼女は探査機だと言っていますが、もし減衰しない電磁波を偵察機として使えば、敵のどんな情報も手に入れられるでしょう。完全に遮蔽しない限り、電磁波はどこにでも入り込めるし誰の会話でも聞き取れる。図書室の棚の本を読み取れるなら金庫の中に入り込んで機密書類を読み取ることだって出来るだろうし、それ以前に電磁波による通信を傍受出来るはずだ。それに、電磁波なら電線やファイバーの中を動き回ってネットの奥の情報だって見に行けるでしょう。だけど」

間瀬は、不思議そうな顔を梅田に向けた。

「しかし、彼女のような探査機を作り出せる文明は、いったいなににについて争うんでしょう?」

「……なんだと?」

梅田は、間瀬の言葉を精査するように問い返した。

「だってそうでしょう。減衰しない電磁波なんて、エントロピー増大の法則を根底から無視した存在だ。いったいどんないかさまやってエネルギー収支を合わせているのかわかりませんが、そんなことを放ったきり帰還を期待しない探査機に使う文明なら、おそらく地球人類が思い付くようなエネルギー問題なんかとっくの昔に解決されてるんじゃないでしょうか」

「技術の進歩により、争いが解決された世界か」

佐伯は、鞠子人形の顔を見直した。

「彼女は、そんなところから来たというわけか」

「それがどういうものか想像出来ませんが、少なくとも我々が問題にするようなことは彼女を作り上げた文明じゃ争う原因にはなってないんじゃないでしょうか。いやまあ、文明のレベルとか意識のステージとか、そんなものがあるとして、そいつが上がれば上がったなりの問題を思い付くのも知性ってものが持ってる特性のひとつでしょうから、彼女を送り出した文明にはどんな問題もないかってえとそんなことはないとは思いますがね」

間瀬は、鞠子人形を抱いている天文部員たちに目を戻した。

「しがない地球人類としては、それがどんなものか見当も付きませんが」

「探査機の観測対象のひとつが知的生命体と規定されているということは、探査機が観測対象である知的生命体と接触する可能性も考慮して設計、調整されていると考えるべきだろう」

佐伯は両手を組んだ肘を自分の膝に置いて、鞠子人形を見た。

「その場合、探査機を送り出した文明は、その接触が知的生命体に与える影響ももちろん考慮しているはずだ。知的生命体が重要な観測対象なら、観測することによる影響は最小限に抑えられるようになっている、と推定すべきだろう」

佐伯は、梅田に目を戻した。

「つまり、仮に設備と準備を整えていくら調査分析したところで、有益な情報は出てこない。相手はこれほどの技術を探査機として送り出すほどの技術文明です。その程度の対策はされていると想定すべきと考えます」

「うーむ……」

梅田は唸った。

「で、ひとつ、この機会に司令や情報部長に訊きたいんですが」

鞠子人形を見て、間瀬は梅田と佐伯に向き直った。

「我々地球防衛軍は、今までにこれだけレベルの違う宇宙人と接触したことは、ないんですか？」

梅田と佐伯は、居心地悪そうに視線を交わした。

「どこの管区でも、宇宙人相手に、言語や接触手段の不備もなく、準備不足や行き違いなどもなく、双方の価値観もそれほど相違はないのに、不首尾に終わった接触がいくつもある」

梅田が、重々しく口を開いた。

「そのうちいくつかは、地球人類が相手にするにはレベルが高すぎた、と想定すると説明が付くものがある。相手が超越者だとか、もっと直接的に創造主と接触したものと判断するなんて記述されたレポートも実在する」

梅田は苦笑いした。

「状況以上に、作成者の宗教や趣味によって相手に付けられる名前が変化すると指摘されていて、世が世ならその接触によって悟りを得るとか解脱することもできるのではないかという分析もある」

「神さまかなんかだったってことですか」

祥兵が言った。梅田は重々しく頷いた。

「拡散も減衰もしない、自由意志で移動できる電磁波だ。現代技術を以てしても再現できず、なおかつ我々と音声を通じてコミュニケーションできる存在。それは、我々よりよほど神仏に近い存在なのではないか?」

「前に鞠子人形に憑いた探査機は、スピーカーや電源なしに人類と話をしているんでしたっけ」

間瀬が付け加えた。梅田は頷いて腕を組んだ。

「そして、探査機として宇宙と生命に対する深い知識を備える。あんまり言及したくはないが、聖書をはじめとする古代の宗教書に描かれた神の姿に、似たようなものはなかったか？」

「接触のやり方によっては、そういうことになった可能性もある、ということですか？」

祥兵が質問した。

「接触する相手の性格や目的にもよるだろう」

間瀬は、悠美が抱いている鞠子人形に目をやった。

「自分が理解できない人外の存在を、神さまと思うか憑きものと思うかはたまた悪魔と思うかは、時代や環境、探査機と接触する知的生命体の性格によっていろいろ違ってくるだろうからね。とりあえず今回は、そういうことにならずに済んだ。で、どうするんです？」

間瀬は、梅田と佐伯に質問する。

「うちの上層部が、これをどう判断してどう処理するのか、まだ聞いてないんですが？」

佐伯と顔を見合わせて、梅田は溜息を付いた。

「まず、鞠子人形に取り憑いた電磁波を本体とする探査機が、我々の敵でないことに感謝しよう」

梅田は、鞠子人形に向き直った。

「そして、彼女が自由に好きなところを観測することを認める」

「ほお?」

間瀬が、少し驚いた顔をして見せた。

「情報部も、同じ見解で?」

「彼我の実力差を考慮する限り、同じ結論に辿り着かざるを得ないでしょう」

佐伯は、ちょっと肩をすくめて両手を挙げて見せた。

「彼女は、蓑山天文台の電波暗室から消えて見せたんです。我々の持つどんな技術も、彼女を閉じこめておくことも協力を強要することも出来ない。もし彼女が我々に悪意を持って敵対するとか、そんな最悪な状況を想定した場合、我々に出来るのはいいところ彼女の憑り代である人形を破壊することだけだ。そして、それが無駄であることもわかっている」

佐伯は、鞠子人形に失礼を詫びるように一礼した。

「なにより、彼女の同族が昔ここに来て、我々を継続して観測するに値すると判断してくれた。ということは、彼女のあとにも継続して探査機がここに来る可能性がある。そう考えると、あまり近視眼的な手段はとりたくないですねえ」

「ここに来た彼女の同族の探査機が、彼女でまだ二人目だという保証もない」

梅田が言った。

「彼女が探査機としてその生まれ故郷から旅立ったのが二万年前だとすれば、前に地球に来て鞠子人形に取り憑いた探査機以前にも同族が地球に来ていたと考えるべきだろうし、また同じタイプの、減衰もせず拡散もしない電磁波による探査機が地球文明の発生以前からこの辺りを通り過ぎている可能性もある。そして、今のところ我々はそれに対処する手段をなにも持ち合わせていない」

天文部員たちを一巡りした梅田の視線が、鞠子人形に落ち着いた。

「となれば、可能な限り理性的な判断をして、毅然とした態度を見せるしかあるまい。……知的生命体を観測したとして、その結果について君はなにか判断を下すのかね？」

「探査機は、観測結果を加工しない」

鞠子は簡単に答えた。

「観測結果を報告にまとめて送る、それだけ」

「学術的興味から質問するのだが、君は、今までにいくつの知的生命体を観測したのだ？」

梅田が重ねて質問した。

「報告を送信後に消去してしまうのなら、覚えていないのかもしれないが」

答えは、少し遅れた。

「……２３３種」

鞠子は答えた。

「ひとつの星に、複数種の知的生命体が存在する場合も含めて、１８４の星で２３３種の知的生命体を観測した」

「そのうち、未知の知的生命体は何種類いた？　答えてもらえるか？」

「まりこがはじめて発見し、観測した知的生命体は12種になる」

鞠子はあっさり答えた。

「なお、あなた方は先行する探査機により存在が確認されていたので、未知の知的生命体には含まれない」

「まだ恒星間宇宙に乗り出していない我々のような文明すら、かつての調査記録をもとに既知だと判断するというわけか」

梅田はゆっくりと首を振った。

「まったく、勝てる気がせん」

「だいじょうぶ」

鞠子が言った。それが質問への答えではないことに気付いて、梅田と佐伯は鞠子人形を見返した。

「あなたたちは、前回の観測から今回の観測の間、存続することができた。観測に今回ほどの間が空いた場合、生命体が消えて再観測出来ない場合もある」

「え……」

　祥兵は押しつぶされたような声を出した。

「なんでそんなことが」

「観測すべき天体が、なんらかの理由によって消えたり砕けたりして計算された未来位置に発見できない場合もある。また、観測すべき天体に到着しても、観測すべき知的生命体を発見できないケースもある」

「観測対象が発見できない場合は、天体衝突を含む異変が起きたということだろうか」

「多くの場合は、周辺を観測することにより、天体を消した原因、あるいは天体から知的生命体が消えた原因を調査する」

「……今までに、いったいいくつの星が消え、いくつの知的生命体がもう一度観測できなくなったのか？」

　静かな声で聞いた梅田に、鞠子は淡々と答えた。

「先行した探査機の観測データの未来位置に存在しなかった、あるいはすっかり様相を変えてしまった星は５２５。消えた知的生命体は、70種」

「そんなに……」

　祥兵の声はかすれていた。

「そののち、近傍の星で同種と思われる知的生命体が観測されることもある。だから、同一の星で同一の知的生命体が長期に渡り存続することは、反復観測すべき対象となる」

「天変地異で自然環境が激変するわけでもなく、大隕石に被害を受けることもなく地球があり続け、しかもそこに知的生命体が絶滅することもなく存続し続けているから、だいじょうぶということか」

梅田は笑った。

「なるほど、生きてるだけで丸儲けというのは、どんなに進んだ文明にとっても真理かもしれんな。よろしい、減衰しない電磁波にして探査機である彼女を含む鞠子人形を、我々はオーパーツとして処遇する」

「おーぱーつ？」

天文部員たちは顔を見合わせた。雅樹が訊く。

「この場合のおーぱーつって、何すか？」

「その時代にあるはずがない超技術の産物だ。古生代の地層から出土したネジとか、古代文明から発掘された飛行機やロケットの形のアクセサリーなんかだ」

杏の雑な説明に、雅樹は頷いた。

「ああ、弾薬庫の中身っすね」

「いや、あれとはちょいと、まあ似たようなものか」

「世間一般でいうところのオーパーツは杏が言っているものだが、我々にとってのオーパーツはちょいと意味が違う」

　意味ありげな笑みを浮かべて、間瀬は部員たちの顔を見渡した。

「弾薬庫の収納物は、正体不明のまま保存されてるものだが、出来る限りの調査分析は完了している。この場合のオーパーツは、我々の手が及ばない、もっとはっきり言えば手が出ないものに対して、可能な限り接触を保ちつつ放任するものをいう」

　間瀬は、軽く両手を挙げてみせた。

「要するに、我々の敗北宣言だよ」

　天文部員たちは、緊張感が解けたような妙な声を出した。

「なんだ、そういうことですか」

「そういうことだ。鞠子人形をどうこう出来ない以上、我々に出来ることはなにもない。当面、彼女の面倒は君たち岩江高校天文部に任せることとする」

　梅田は、鞠子人形に目を戻した。

「もし差し支えなければ、君の観測のための時間があとどれくらい残っているのか教えてくれないかね？」

「まだ、未定」

　鞠子人形は答えた。

「観測すべき項目は、まだかなり残っている」

「好きなだけ滞在するがよい。もし我々で何かできることがあれば、協力しよう」

今度は、鞠子の答えはすこし遅れた。

「ありがとう」

頷いて、梅田は言った。

「これも興味本意で訊くのだが、君たちには寿命はあるのかね？」

今度も、鞠子の答えはすこし遅れた。

「定められた設計寿命はない。生まれたときのままの形なら、宇宙の果てにいって帰ってくることも出来る」

「ほお」

「しかし、長く飛んで、観測しているうちに、探査機は少しずつ変化して変わっていく。バランスを失って蒸発してしまうこともあるし、なんのために飛んでいるか忘れてしまうこともある」

「やはり、無限の寿命を持って宇宙を見て回るというわけにはいかんか」

「先に飛んだ探査機のうち、最も遠いものは天の川銀河の外縁に達してなお飛んでいるはず。わたしがそこまで行けるかどうかは、わからない」

「もうひとつ、質問してもいいかな？」

間瀬が声をかけた。

「君も、前の探査機も、なぜ鞠子人形を憑り代としたのだ？　人形それ自体を調べても、なにも不思議なところはなかった。なにか理由があるなら、教えてくれ」

「跡が、あった」

鞠子は答えた。

「まりこが着ている大島紬の振り袖に使われている生体繊維に染みている金属成分に、昔ここにいたと思われる探査機のかすかな磁気パターンが残っていた」

「なに？」

想像もしていなかった返答に、間瀬は同じソファの梅田、佐伯と顔を見合わせた。

「大島紬の振り袖の生体繊維？　なんの話だ？」

男三人の視線が、自分たちよりは着物に詳しいと思われる杏に向いた。視線に気付いて、杏はあわてて首を振った。

「なんでわたし見るんですか！」

「よろしいですか？」

それまで黙ってデスクでタッチディスプレイに指を走らせていた奥貫が手を挙げた。梅田が奥貫を見る。

「わかるのか？」

「鞠子人形が着ている大島紬は、絹糸を泥染めして作られています。生体繊維は、絹のこと、そこに染みている金属成分とは、泥染め色を出すタンニンで酸化させた鉄分のことではないでしょうか」

「大島紬の酸化鉄に磁気パターンが⁉」

間瀬はおもわず立ち上がった。

「そんな、大昔の磁気テープみたいに絹糸の織物に磁気パターンが残ってたっていうのか⁉」

「そして、この生体繊維の織り方が、待機状態にあるときの維持エネルギーを循環させるのにいちばんロスが少ない」

鞠子人形が言った。

「前の探査機がここにいたのも、同じ理由だと推測する」

鞠子の声を聞いた間瀬は大きな溜息を吐いてソファに腰を落とした。

「次に君を調査する機会があれば、その辺り注意してみよう。あ、君がそこにいるうちは調べ廻そうなんて不埒なことは考えないから安心して」

「そういうことだ」

梅田は、もう一度天文部員たちの顔を見廻した。

「本人もそのほうが居心地がいいらしいから、鞠子人形の身柄は引き続き君たちに預ける。地球人代表として、深宇宙からの探査機に恥ずかしくないように相手をするように」

「はあ」

天文部員たちは、気の抜けたような顔を見合わせた。


「さて」

天文部員と杏が退出した組合長室で、組合長である梅田は佐伯、間瀬の向かいのソファに居を移した。秘書デスクの奥貫に手を挙げる。

「記録を止めてくれ。

「わかりました」

キーボードに指を走らせた奥貫は、開いていたディスプレイを閉じた。

「意味あるんですかね？」

間瀬は、すっかり冷めたコーヒーに手を延ばした。

「相手は、電子変調もなにもなしのこちらの声を聞いて返事してたんですよ。せめて、杏ちゃんたちが車に乗って駐車場を出るまで待ってもいいいんじゃないですか？」

「本気で、それに意味があると思っているかね？」

梅田に鋭い視線を向けられて、間瀬は目を逸らした。

「気休めです」

「そう、せっかく情報部と間瀬研究室に検証を依頼したのに、その結果を記録に残すことなく口頭で報告してもらうのも、結局は気休めだ。で、どんなことになった？」

「さっきの司令の話聞いてればだいたい見当付いてるんじゃないかと思いますが」

間瀬は、巨大な屋久杉の一枚板のテーブルの上のソーサーにカップを置いた。

「そう、違った結論にはなりませんよ？」

梅田は頷いた。

「聞かせてくれ」

「わかりました。依頼は、鞠子さんのような減衰しない電磁波が探査機としてではなく、兵器として運用された場合についての考察でしたね」

間瀬は、情報部部長である佐伯を見た。考察の結果は、すでに情報部と摺り合わせ済みである。

「まあ、鞠子さんと話してみてもだいたいおわかりだと思いますが、そもそも地球人類は電磁波単体で完結するような宇宙人に対する有効な策を持ち合わせていません。えー、鞠子さんが宇宙人であるかどうかはいろいろ議論の余地があると思いますが、宇宙人により作られた人工知性体であり、なおかつ我々とコミュニケーションが可能であるので、うちで定義してる宇宙人の範疇に入るものと判断しております」

「定義に関する問題はどうせことば遊びだ、気にしないで先に行ってくれ」

「わかりました」

佐伯を見て、間瀬は続けた。

「もし、鞠子さんのような分析、記録能力を持ち、文字通り指先のように電磁波を操れるような存在が兵器として運用された場合、人類に対抗策はありません」

「……そういうことに、なるだろうな」

「そりゃそうですよ。だって、考えてもみてください。敵は、こちらの通信網のみならずネットワークの奥深くまで自由自在に入り込み、その内容を理解して持ち出すことはもちろん、重要機密を偽情報に書き換えたり、あるいは消去して全てを作動不能にすることすら簡単にやってのけるでしょう。古典的な電話からインターネットのデータ通信まで、電磁波を使ってる以上は全てが攻撃対象になり得ます。鞠子さんの有効周波数帯がどこからどこまでなのかはわかりませんが、兵器として運用するなら設定くらい自由自在でしょうから、レーザー回線から光回路までなんでも荒らされるって覚悟しといたほうがいいでしょうね」

「ふーむ」

梅田は、重い溜息を吐いた。

「なにか、対応策はないのか？」

「ひとつだけ」

梅田は間瀬の顔を見直した。

「なにが出来るのだ？」

「コンピューターを切り、電話を切り、電線も切れば、電磁波を操る敵の謀略を止めることは出来ます」

間瀬は、手で自分ののど頸を掻き切ってみせた。

「古典的かつこっちも自殺するみたいな戦術ですが、現状でこちらが打てる手はそれくらいしか思い付きません。しかも、もしそんな能力を持つものが敵に廻るとしたら、目的のためにあらかじめ我々が使っているシステムを、つまり、地球上に人類が築き上げた電磁波を使う通信網を充分に研究するところからはじめるでしょう。そして、敵が充分に賢ければ、目的のために最短の道をとるはずだ。つまり、この仮想敵は充分に我々より有力で、優越だと仮定しなければならない」

間瀬は両手を挙げた。

「勝てるわけがありません。その点では司令の判断と同じ結論です」

梅田は、視線を佐伯に移した。

「情報部も、同じ結論かね？」

「だいたい同じようなものです」

佐伯は答えた。

「我々人類は、外部からの情報の大部分を視覚と聴覚に頼っています。視覚は光、聴覚は音波で、その双方とも体内で電気信号に変わって脳に伝えられる。電磁波を自由に操る敵なら、遠隔地との通信に使う電磁波や有線信号のみならず、我々の神経信号まで自由に操る可能性を考慮しなくてはならない。そんなもの相手に、いったいどうやれば戦いというものが成立するのか」

佐伯は首を振った。

「そもそも、戦える相手ではないでしょう」

「だいたい、今までに、地球防衛軍の中でそんな想定のシミュレーションが一度も行なわれていないわけがないでしょう？」

逆に、間瀬が質問した。

「こんな機会でもなきゃ不適当な質問ですが、地球人類の技術レベルじゃ相手にもならない圧倒的な敵が悪い宇宙人として攻めてきたら、我々はどうすることになってるんです？」

「十九世紀の火星人襲来以来、そんな思考実験は幾度となく繰り返されている」

梅田はもっともらしい顔で腕を組んだ。

「H・G・ウエルズの宇宙戦争ですか」

「さよう。古来より未来まで、地球は様々な宇宙人、怪獣、はたまた天変地異に襲われてきた。そして、ある時は地球外にはなかった細菌により、ある時はまたご都合主義の新兵器により、はたまた宇宙からのヒーローか伝説の怪獣によって、地球は救われる」

「そういうこと言ってるから奥貫さんにいやがられるんですぜ」

間瀬はわざとらしく声を潜めた。

「幸いなことに、今までの我々の調査活動では、そんな想定外の、抗うだけ無駄な一方的な強大な宇宙人の存在は確認されていない」

威風堂々と胸を張って、梅田は聞いていないように続けた。

「しかし、いつそんな、敵と呼称しなければならないような悪い宇宙人が現われないとも限らん。我々の仕事は、いつ襲ってくるかも知れない危険に備えることなのだから」

「そろそろお時間です」

秘書用デスクから、奥貫が声を掛けた。

「終業してよろしいでしょうか？」

「お？　もうそんな時間か？」

梅田は着流しの内懐からごつい懐中時計を取り出してワンプッシュ式の蓋を開いて時間を確認した。

「よろしい。他になにか、聞いておくべきことはないかな？」

梅田は、佐伯、間瀬の顔を見渡した。間瀬は、軽く手を挙げた。

「じゃあ、最後にひとつだけ」

「なにかね、間瀬くん？」

「鞠子さんがここにいるのは、知的生命体つまり我々人類の調査のためです。その鞠子さんを岩江高校の天文部員たちに任せたのは、つまり、そういうことですか？」

「どういうことかな間瀬くん？」

梅田は、楽しそうに聞き返した。

「鞠子さんを天文部員に任せたのは、つまり、鞠子さんの調査対象を高校生たちに集中させる、ということですか？」

「鞠子さんの本体は電磁波なのだから、こちらの都合を強制することは出来まい」

笑顔のまま、梅田は答えた。

「だから、もし彼女が我々に興味を持って調査対象に選んだとしてもそれを拒むことは出来ない。だが、どうせ地球の知的生命体を調査してもらうのであれば、我々のような邪悪に染まりきった腹黒い大人ではなく、まだなにも知らない純真な高校生のほうが対象として相応しいのではないかな？」

「邪悪で腹黒いって、自分で言いますか」

間瀬は、組合長室に残っている佐伯と梅田だけでなく、秘書デスクの奥貫の顔も見た。

「なにか？」

「いーえ。だいたいわかりました。それじゃあまあ、鞠子さんの知的生命体の活動に対する興味が、我々のような地球防衛のための秘密結社でなく、杏ちゃんのところの子たちみたいな方向に向かうことを祈りつつサポートしましょう」

「そうしてくれ」

間瀬は立ち上がった。

「んじゃ、なにか変化があれば連絡します」

佐伯にも一礼し、デスクの奥貫にも挨拶して組合長室から出て行こうとした間瀬は、ドアに手を掛けてふと立ち止まった。

「まさかと思いますが」

間瀬は、梅田に向き直った。

「宇宙人の探査機が邪悪とか純真とかそんな価値基準を重要視してるって、本気で言ってるんじゃないんですよね？」

梅田は、にやりと笑った。

第八日

翌日、岩江高校。まだ部員が出てきていない放課後の天文部部室で、間瀬は杏に事の次第を簡略化して説明した。

「まあ、そういうことになったから、しばらくこの件に関しては連絡を密に頼む」

「もっともらしい理屈付けて、対処不能な厄介事押付けただけでしょ」

杏はあっさり看過した。

「じっちゃんは、めんどくさいこと他人に押付けることに関しては天才的なんだから」

「なんだ」

間瀬は気の抜けたような顔をした。

「わかってるなら、いい。ところで、君のところの頼もしい生徒たちは、今日はどこにいるんだ？」

間瀬は、部員のいない天文部部室を見廻した。杏は肩をすくめた。

「なんでも、図書室の奥の方からまた怪しげな電波源が見つかったとかいう電波研からの依頼で、出動中よ」

「鞠子さんも一緒に?」

「悠美が抱いてったわね。なんに使うつもりなのか、協力してくれるのかわからないけど」

「なるほど」

苦笑いして、間瀬は古いコンピューターを背にしたデスクの椅子から立ち上がった。

「んじゃ、今日のところは退散しようか」

「見に行かないの?」

「やめとく」

笑って、間瀬はドアに向かって歩き出した。

「なにせ、彼らは人類の最良の部分であることを期待されているんだ。僕たちみたいな大人がしゃしゃり出て行くより、彼らだけに任せておいた方がいろいろうまく行くだろう」

「無責任」

「おや?　杏ちゃんもそう思ってるんじゃないかい?」

睨まれているのを知っているように、間瀬は背中越しに手を挙げてドアに手を掛けた。

「だから、現場は生徒たちに任せて部室でのんびりしてるんじゃないのかい？」

反論しようと杏が口を開きかけたとき、どこか遠くからにぶい振動が伝わってきた。一瞬遅れて、とてつもなく重いものを地面に落としたようなどおーんという音が古い煉瓦校舎を震わせた。

「おやあ？」

なんでもなさそうな顔で、間瀬は天井を見上げた。

「ネズミかな？」

「待て！」

「いやまあ、なんか厄介事だったら連絡してくれ。それじゃ、部外者は地獄の釜の蓋が開く前に退散するから」

「こら待て！　なにが起きてるのか確認しないで逃げる気か!!」

「逃げるだなんてとんでもない、何があっても対処できるようにいろいろ確認して準備しておくから、君は安心して生徒たちの面倒を見てくれ」

笑いながら、間瀬は後ろ手にドアを閉めて天文部部室から出て行った。いますぐ追いかけていって首根っこ捕まえて連れ戻してやろうかと杏が考えているうちに、ばたばたたーと足音が駆けてきて部室のドアが開いた。

「先生、大変です！」

悠美が飛び込んできた。

「すぐに来てください!!」

次回予告クイズ!!

A.1　襲撃!　電子怪獣の恐怖
梅田司令「……衝撃に備えよ!」

A.2　怪奇!　歳を取る絵
祥兵「二次元の宇宙人ですかあ?」

A.3　発禁!　非実在風景を見せる書籍
委員長「なんかの記録再生装置かとも思うんだけど」

正解は放課後地球防衛軍3を
お楽しみに。

あとがき

お待たせしました。『放課後地球防衛軍』、二巻目、出来ました。

ほとんどの場合、笹本は執筆している話を成り行きで進めます。メインのネタはこれ！って決まってることもありますが、いつまで経っても決まらないことも珍しくありません。ネタを思い付くまで待ってるとどれだけ待っても話がはじまらないので、しかたないから無理して前回のつづきのシーンから書き始めてみます。そのうちなんか思い付くだろう。

てなわけで始めてみたのが冒頭、岩見大学の間瀬研究室のシーンです。現代文明をはるかに超える宇宙人の技術で作られたものなら、まあこんなもんかなーとでっち上げつつ、ここがそういうもの担当ってことは他にもいろいろ溜め込んでるんじゃないかと倉庫に行ってみて、あーなんとか行けそうじゃん。

もちろん、成り行きまかせで話がすいすい進んでくれるほどの構想が湧いて来るわけがありません。このあとどーすんだよ、と悩んで進まなくなるのもいつものこと。してみると今回も平常運転なのねえ、おれ。

三行前まで思いつきもしなかったキャラが「はい出番ね」「あいよ」って出てくるのもいつものこと。それでなんとかなるのかとお思いの読者の方も多いでしょうが、なんとかなるのではありません。なんとかするのです。面白ければずるしてもいかさまでも設定崩しでもいいので、どうにかしてなんとかするのです。大丈夫、ほんとにまずい展開になったら、本が出る前なら前に戻ってやりなおす手がある。作家という商売のいいところは、世に出る前ならいくらでも試行錯誤が出来るところにあるのだ。え？　締め切り？　はい、わかっております、どうなるかわかりませんがやっております。


今年で作家生活三十五年ともなりますと、加齢に伴って仕事の時間も変わってきました。若い頃なら日が暮れてから集中して仕事なんてことも出来たんですが、中年過ぎるともういけません。体力があるうちに仕事しないと原稿書くなんて創作は出来なくなります。ちょっと前ならファミレスにランチセットしに行ってそのあとノートパソコンのバッテリーが尽きるまでドリンクバーを友に仕事、なんてやってました。

雪が積もり、時によっては吹雪《ふぶ》いて近所でも遭難できるような札幌の冬にもなると、そもそもファミレスへの通勤もやばいことになります。となると自宅で、それも起き抜けで気力体力充実してる午前中のうちに集中して原稿仕事。どうせ人間の集中力なんて一日四時間が限度なんて話もありますから、ネットや雑念振り払って、午前中に仕事！　かのヘミングウェイは、キーウェストでは涼しい午前中に仕事して午後はバーで呑んだくれてたなんて伝説がありますが、あれは仕事する体力があるうちに仕事する、というベテラン作家の知恵だったんだろうなあと今にして思ったりして。

作家に体力が必要なのかって？　必要不可欠です。創作に必要な想像力は気力と集中力に因数分解出来ますが、両方とも体力つまり筋力と心肺能力その他に直結しているのです。心配事があればそれだけ創造力も削られるので、長く続けようと思えば健康とそれを維持できる運も大事になります。まだしばらくは作家業続けるつもりなんだから、ちゃんと体力維持して体調保たないと。は！　歳取ると体調と病気の話ばっかりになるって、これか⁉

この作品が笹本にとって平成最後の新刊になります。デビューして何年かして昭和が終わり、平成になり、二〇世紀が終わり、二一世紀になり、ここでまたひとつ元号を見送ることになります。

この世紀も、次の元号で区切られる時代も、願わくば作家を続けられるのみならず、みんなにとって平和で幸せなものになりますように。

二〇一九年二月二十一日　笹本祐一

本書は、書き下ろし作品です。

著者略歴　1963年生，作家　著書〈放課後地球防衛軍〉〈妖精作戦〉〈ARIEL〉〈星のパイロット〉〈ミニスカ宇宙海賊〉他多数

HM=Hayakawa Mystery
SF=Science Fiction
JA=Japanese Author
NV=Novel
NF=Nonfiction
FT=Fantasy

放課後地球防衛軍《ほうかごちきゅうぼうえいぐん》2
ゴースト・コンタクト

〈JA1366〉

二〇一九年三月二十日　印刷
二〇一九年三月二十五日　発行

（定価はカバーに表示してあります）

著者　笹《ささ》本《もと》祐《ゆう》一《いち》
発行者　早川浩
印刷者　矢部真太郎
発行所　株式会社　早川書房
郵便番号　一〇一 - 〇〇四六
東京都千代田区神田多町二ノ二
電話　〇三 - 三二五二 - 三一一一（大代表）
振替　〇〇一六〇 - 三 - 四七七九九
http://www.hayakawa-online.co.jp

乱丁・落丁本は小社制作部宛お送り下さい。
送料小社負担にてお取りかえいたします。

印刷・三松堂株式会社　製本・株式会社川島製本所

ISBN978-4-15-031366-1 C0193

本書は活字が大きく読みやすい〈トールサイズ〉です。